活用韓文
慣用語

한국어뱅크 NEW 스타일 한국어 관용표현

如何使用本書

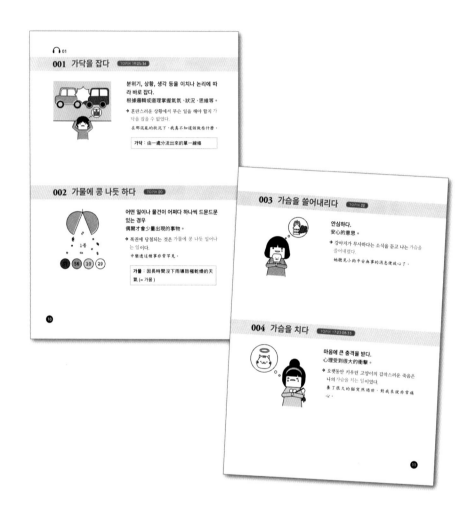

本書收錄韓國人常使用且韓語能力測驗 TOPIK 出題曾使用的慣用語。

搭配圖片與例句輕鬆有趣的學習！

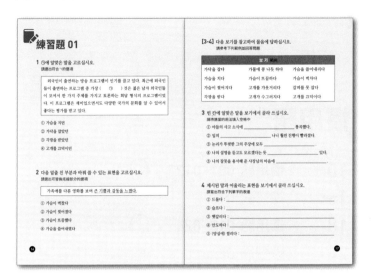

檢測學習過的用語，透過解題增強實力！

活用篇有更多例句可學習！

目錄

慣用語

全書音檔線上聽（可自行下載），
請掃下方 QRcode 進入網頁

慣用語

123

001 가닥을 잡다 TOPIK 19/25/34

분위기, 상황, 생각 등을 이치나 논리에 따라 바로 잡다.

根據邏輯或道理掌握氣氛、狀況、思維等。

→ 혼란스러운 상황에서 무슨 일을 해야 할지 가닥을 잡을 수 없었다.

在那混亂的狀況下，我真不知道該做些什麼。

> **가닥** : 由一處分流出來的單一線條

002 가물에 콩 나듯 하다 TOPIK 20

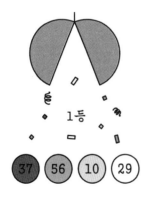

1등

37　56　10　29

어떤 일이나 물건이 어쩌다 하나씩 드문드문 있는 경우

偶爾才會少量出現的事物。

→ 복권에 당첨되는 것은 가물에 콩 나듯 일어나는 일이다.

中樂透這種事非常罕見。

> **가물** : 因長時間沒下雨導致極乾燥的天氣 (= 가뭄)

003 가슴을 쓸어내리다 TOPIK 22

안심하다.
安心的意思。

→ 강아지가 무사하다는 소식을 듣고 나는 가슴을
쓸어내렸다.
她聽見小狗平安無事的消息便放心了。

004 가슴을 치다 TOPIK 17/23/28/33

마음에 큰 충격을 받다.
心理受到很大的衝擊。

→ 오랫동안 키우던 고양이의 갑작스러운 죽음은
나의 가슴을 치는 일이었다.
養了很久的貓突然過世，對我來說非常痛
心。

005 가슴이 뜨끔하다

자극을 받아 마음이 깜짝 놀라거나 양심의 가책을 받다.
因受到刺激而驚嚇或受到良心譴責。

➔ 엄마가 갑자기 내가 전에 깨뜨렸던 접시를 찾아서 가슴이 뜨끔했다.
媽媽突然找出我之前打破的盤子,讓我膽顫心驚了一下。

006 가슴이 벅차다

감격, 기쁨, 희망 등이 넘칠 듯이 가득하다.
充滿感激、喜悅、希望等情緒,幾乎滿溢而出。

➔ 부모님의 반대를 극복하고 마침내 결혼하게 되어서 무척 가슴이 벅차 잠을 못 이루었다.
終於克服父母的反對並結婚,讓我激動得睡不著覺。

007 가슴이 찢어지다 TOPIK 23

슬픔이나 분함 때문에 가슴이 찢어지는 듯한 고통을 받다.
因悲傷或憤怒而感到心撕裂般的痛苦。

➜ 오랫동안 좋아하던 사람에게 차여서 가슴이 찢어지는 슬픔을 느꼈다.
被喜歡很久的人拒絕，讓我感到撕心裂肺的悲傷。

008 각광을 받다 TOPIK 26

많은 사람들로부터 주목을 받다.
受到許多人的關注。

➜ 자연과 어울려 사는 삶이 각광을 받고 있다.
親近自然的生活方式近來受到許多關注。

> **각광** : 社會上的關注或興趣（＝주목）

009 갈피를 못 잡다

일이나 내용이 뒤엉켜서 어떻게 되어 가는지를 모르겠다.

事情或內容糾結在一起，不知道會如何發展。

➜ 처음 사업을 시작했을 땐 어떻게 해야 할지 갈피를 못 잡고 헤맸다.

事業剛起步時，因為不知該如何著手而感到徬徨。

> **갈피**：辨別事物的分界點

010 고개가 수그러지다

존경하는 마음이 일어나다.

產生尊敬的心。

➜ 전 재산을 기부한 노인의 이야기에 절로 고개가 수그러졌다.

聽了老人捐贈全數財產的故事，令人肅然起敬。

> **수그러지다**：向內彎曲或傾斜

011 고개를 갸웃거리다 TOPIK 19

믿기지 않거나 의심이 된다는 뜻으로 고개를
기울이다.

歪頭表示不相信或懷疑。

➔ 많이 먹어도 살이 찌지 않는 사람을 보면 고개
를 갸웃거리게 된다.

遇見吃再多也不發胖的人，總是感到疑惑。

012 고개를 끄덕이다 TOPIK 30

옳다거나 좋다는 뜻으로 고개를 위아래로 흔
들다.

點頭表達贊同或喜歡。

➔ 수상자가 발표되자 많은 사람들이 고개를 끄덕
이며 박수를 쳤다.

聽見得獎者發表後，許多人皆點頭認同並給
予鼓掌。

練習題 01

1 ㉠에 알맞은 말을 고르십시오.

請選出符合ㄱ的選項

> 외국인이 출연하는 방송 프로그램이 인기를 끌고 있다. 최근에 외국인 들이 출연하는 프로그램 중 가장 (　㉠　) 것은 젊은 남자 외국인들 이 모여서 한 가지 주제를 가지고 토론하는 회담 형식의 프로그램이었 다. 이 프로그램은 재미있으면서도 다양한 국가의 문화를 알 수 있어서 좋다는 평가를 받고 있다.

① 가슴을 치던

② 가닥을 잡았던

③ 각광을 받았던

④ 고개를 끄덕이던

2 다음 밑줄 친 부분과 바꿔 쓸 수 있는 표현을 고르십시오.

請選出可替換底線部分的選項

> 가족애를 다룬 영화를 보며 <u>큰 기쁨과 감동을 느꼈다</u>.

① 가슴이 벅찼다

② 가슴이 찢어졌다

③ 가슴이 뜨끔했다

④ 가슴을 쓸어내렸다

[3-4] 다음 보기를 참고하여 물음에 답하십시오.
請參考下列範例並回答問題

보기 範例		
가닥을 잡다	가물에 콩 나듯 하다	가슴을 쓸어내리다
가슴을 치다	가슴이 뜨끔하다	가슴이 벅차다
가슴이 찢어지다	고개를 갸웃거리다	갈피를 못 잡다
각광을 받다	고개가 수그러지다	고개를 끄덕이다

3 빈 칸에 알맞은 말을 보기에서 골라 쓰십시오.
請將適當的用法填入空格中

① 아들의 사고 소식에 ＿＿＿＿＿＿＿＿＿＿＿＿ 통곡했다.

② 일의 ＿＿＿＿＿＿＿＿＿＿＿＿ 나니 훨씬 진행이 빨라졌다.

③ 논리가 뚜렷한 그의 주장에 모두 ＿＿＿＿＿＿＿＿＿＿＿ .

④ 나의 설명을 듣고도 모르겠다는 듯 ＿＿＿＿＿＿＿＿＿＿＿ 있다.

⑤ 나의 잘못을 용서해 준 사장님의 마음에 ＿＿＿＿＿＿＿＿＿＿＿ .

4 제시된 말과 어울리는 표현을 보기에서 골라 쓰십시오.
請寫出符合下列單字的表達

① 드물다 : ＿＿＿＿＿＿＿＿＿＿＿＿＿＿＿＿＿＿＿＿

② 슬프다 : ＿＿＿＿＿＿＿＿＿＿＿＿＿＿＿＿＿＿＿＿

③ 헷갈리다 : ＿＿＿＿＿＿＿＿＿＿＿＿＿＿＿＿＿＿

④ 안도하다 : ＿＿＿＿＿＿＿＿＿＿＿＿＿＿＿＿＿＿

⑤ (양심에) 찔리다 : ＿＿＿＿＿＿＿＿＿＿＿＿＿＿＿

02

013 고배를 마시다 TOPIK 28

패배, 실패 등의 쓰라린 일을 당하다.
遭遇失敗、挫折等傷心事。

→ 공무원 시험에 두 번 연속 고배를 마시고 결국
  합격했다.
  連續兩次公務員考試都落榜,這次終於考上
  了。

> **고배**：裝了苦酒的杯子,難過的經驗

014 골머리를 썩다 TOPIK 25

어떤 일로 몹시 애를 쓰며 생각에 몰두하다.
因為某件事而費盡心思或全神貫注。

→ 아파트 단지에 쓰레기를 무단으로 버리는 일이
  자주 일어나서 골머리를 썩고 있다.
  社區大樓經常有人亂丟垃圾,讓人傷透腦筋。

> **골머리**：貶稱頭腦的說法

015　골치가 아프다 TOPIK 35

어떻게 해야 할지 몰라서 머리가 아플 정도로 생각에 몰두하다.

不知道該如何是好，思考到令人頭疼。

➔ 여행을 다녀오는 동안 고양이를 맡길 곳이 없어서 골치가 아프다.

去旅行的期間不知該把貓寄放在哪，讓我十分頭痛。

> **골치**：貶稱頭或腦的說法

016　골탕을 먹다 TOPIK 21

한꺼번에 크게 손해를 입거나 낭패를 당하다.

一次就遇上極大的損害或出糗。

➔ 경쟁사의 공격적인 마케팅에 우리 회사는 골탕을 먹고 말았다.

對手公司攻擊性的行銷手法，讓我們公司輸的一蹋糊塗。

> **골탕**：一舉遭受到的嚴重損害或困擾

017　과언이 아니다 TOPIK 18

지나친 말이 아니다.
非誇大事實的話。

→ 이 세제를 쓰면 빨래가 새 옷처럼 깨끗해진다
　는 말이 결코 과언이 아니다.
　使用這個洗衣精能將衣服洗得像新衣一樣乾
　淨絕非虛言。

> **과언**：說得太過誇張

018　귀가 솔깃하다 TOPIK 23/25/32

그럴듯해 보여 마음이 쏠리는 데가 있다.
具有看起來不錯而引人注意的地方。

→ 옷가게에서 옷을 반값에 판다는 말에 귀가 솔
　깃했다.
　服飾店半價拍賣的宣傳引起了我的注意。

019 귀를 기울이다 TOPIK 29

남의 이야기나 의견에 관심을 가지고 주의를 모으다.
對別人的言語或意見表達關注。

→ 여러 사람의 의견에 귀를 기울여 해결책을 찾는다.
聆聽多人的意見並尋找解決方法。

020 기가 막히다 TOPIK 18

아주 어이가 없다.
非常無言以對。

→ 남편이 요리를 해 준다며 부엌을 더럽혀 놓은 모습에 기가 막혔다.
老公說要幫忙做料理，卻把廚房弄得一團亂，讓我無言以對。

기：活動的力氣

021 기가 차다 TOPIK 30

하도 어이가 없어 말이 나오지 않다.
太過荒唐而說不出話。

➜ 금연 구역에서 뻔뻔하게 담배를 피우는 모습에
기가 차서 말이 안 나온다.
看他一副無所謂的樣子在禁菸區抽菸，真是
令人驚訝地說不出話。

022 기세를 떨치다 TOPIK 22

기운차게 뻗치는 형세가 널리 알려지다.
宣揚自己氣勢壯大的樣子。

➜ 이순신 장군은 전투에서 이기며 기세를 떨쳤
다.
李舜臣將軍拿下勝仗，展現了雄壯的氣勢。

023 기승을 부리다 TOPIK 16

기운이나 힘 등이 강해서 좀처럼 약해지지
않다.

氣勢或力量強大，不輕易示弱的意思。

→ 올 여름은 모기가 유난히 기승을 부려서 밤마
다 괴롭다.

今年夏天的蚊子特別兇狠，讓人每個晚上都
好痛苦。

024 기치를 내걸다 TOPIK 26

일정한 목적을 위하여 어떤 태도나 주장을
내세우다.

為了特定目的而表達某種態度或立場。

→ 언론사들은 표현의 자유라는 기치를 내걸고 정
부에 항의하고 있다.

媒體們為了宣揚言論自由，正在對政府進行
抗議。

練習題 02

[1-2] 다음 글을 읽고 물음에 답하십시오.
請閱讀下文並回答問題

> 취업을 희망하는 사람들의 간절한 마음을 이용해서 사기를 치는 회사
> 가 (㉠) 사회문제가 되고 있다. 쉽게 돈을 벌게 해 주겠다는 말
> 에 (㉡) 모인 지원자에게 강제로 물건을 사게 만드는 다단계 업
> 체가 암암리에 영업을 하고 있어서 구직자들의 주의가 필요하다.

1 ㉠에 알맞은 말을 고르십시오.
請選出符合ㄱ的選項

① 고배를 마셔서　　　　　② 기승을 부려서

③ 기치를 내걸어서　　　　④ 골머리를 썩어서

2 ㉡에 알맞은 말을 고르십시오.
請選出符合ㄴ的選項

① 기가 막혀서　　　　　　② 기세를 떨쳐서

③ 귀가 솔깃하여　　　　　④ 과언이 아니어서

3 다음 밑줄 친 부분과 바꿔 쓸 수 있는 표현을 고르십시오.
請選出可替換底線部分的選項

> 강아지가 어질러놓은 거실을 보니 어처구니가 없다.

① 기가 막히다　　　　　　② 귀를 기울인다

③ 골탕을 먹는다　　　　　④ 과언이 아니다

[4-5] 다음 보기를 참고하여 물음에 답하십시오.
　　　　請參考下列範例並回答問題

보기 範例		
고배를 마시다	골머리를 썩다	골치가 아프다
골탕을 먹다	과언이 아니다	귀가 솔깃하다
귀를 기울이다	기가 막히다	기가 차다
기세를 떨치다	기승을 부리다	기치를 내걸다

4 빈 칸에 알맞은 말을 보기에서 골라 쓰십시오.
　　請將適當的用法填入空格中

　　① 작년 우승팀이 올해도 ＿＿＿＿＿＿＿＿＿＿＿＿＿＿ 있다.

　　② 동생의 장난에 크게 ＿＿＿＿＿＿＿＿＿＿＿＿＿ 화가 났다.

　　③ 아이들의 변명이 ＿＿＿＿＿＿＿＿＿＿＿＿＿ 웃음이 나왔다.

　　④ 사장님은 직원들의 건의 사항에 ＿＿＿＿＿＿＿＿＿＿＿＿ 않는다.

　　⑤ 정부는 '국민 대통합'이라는 ＿＿＿＿＿＿＿＿＿＿＿＿ 정책을 펼치고
　　　있다.

5 제시된 말과 어울리는 표현을 보기에서 골라 쓰십시오.
　　請寫出符合下列單字的表達

　　① 탈락하다 : ＿＿＿＿＿＿＿＿＿＿＿＿＿＿＿＿＿＿＿＿

　　② 고민하다 : ＿＿＿＿＿＿＿＿＿＿＿＿＿＿＿＿＿＿＿＿

　　③ 어이없다 : ＿＿＿＿＿＿＿＿＿＿＿＿＿＿＿＿＿＿＿＿

　　④ 극성이다 : ＿＿＿＿＿＿＿＿＿＿＿＿＿＿＿＿＿＿＿＿

03

025 꼬리를 물다 TOPIK 24

계속 이어지다.

一直延續。

→ 어떤 생각을 하기 시작하면 그와 관련된 것들
이 꼬리를 물고 떠오른다.

只要一開始產生某個想法，就會不斷聯想到
其他相關事物。

026 꼬리를 밟히다 TOPIK 21

행적을 들키다.

被發現蹤跡。

→ 같은 수법으로 범행을 저지르던 일당이 결국
꼬리를 밟히게 되었다.

持續使用相同手法犯案的一夥人，終究被發
現了蹤跡。

027 난다 긴다 하다 TOPIK 16

재주나 능력이 남보다 뛰어나다.
才能比他人突出。

→ 올림픽에서는 분야마다 난다 긴다 하는 선수들
이 모여서 경기를 한다.
奧運聚集了各領域能力卓越的選手一同競賽。

028 낯이 뜨겁다 TOPIK 25

부끄러워서 남을 대하기 어렵다.
因為害羞而無法面對他人。

→ 영화에서 나오는 선정적인 장면이 낯이 뜨거워
볼 수가 없었다.
電影中出現了煽情的畫面，讓人害羞得不敢
看。

029 넋이 빠지다 TOPIK 30

어떤 생각을 하거나 충격을 받아서 제정신을 잃다.
因為思考或受到衝擊而不能集中精神。

➜ 내가 응원하는 팀이 지는 모습을 넋이 빠진 채
보고 있을 수밖에 없었다.
我只能失神地看著支持的隊伍敗北的模樣。

넋 : 精神或內心

030 눈독을 들이다 TOPIK 17/23/25/34

욕심을 내어 눈여겨보다.
產生貪念而盯上。

➜ 소매치기는 돈이 많이 있는 사람을 본능적으로
알아채고 눈독을 들인다고 한다.
扒手們會本能地注意有錢人，並盯上他們。

눈독 : 產生貪念並留意的力量

031 눈 밖에 나다 TOPIK 20/27/34

신임을 잃고 미움을 받게 되다.
失去信任並讓人討厭。

➜ 신입 사원이 실수를 많이 하는 바람에 사장님
   의 눈 밖에 났다.
   新進員工因經常犯錯而失去老闆的青睞。

032 눈살을 찌푸리다 TOPIK 22

**마음에 못마땅한 뜻을 나타내어 두 눈썹 사
이를 찡그리다.**
表達心中不滿而皺起眉間。

➜ 지하철에서 큰소리로 떠드는 모습에 눈살을 찌
   푸리게 되었다.
   有人在火車上喧鬧，令人不禁皺起眉頭。

033 눈에 넣어도 아프지 않다

매우 귀엽다.
非常可愛。

→ 늦둥이 딸아이가 눈에 넣어도 아프지 않을 만큼 예쁘다.
最晚出生的小女兒實在是非常得人疼愛。

034 눈에 불을 켜다

욕심을 내거나 관심을 기울이다.
產生慾望或關注。

→ 하루 종일 굶은 우리들은 음식을 보자마자 눈에 불을 켜고 달려들었다.
餓了整天的我們一看到食物便眼睛一亮，全跑了過去。

035 눈을 붙이다 TOPIK 29

잠을 자다.
睡覺。

➜ 운전 중 졸릴 때는 잠깐 차를 세워 두고 눈을
붙이는 것도 좋다.

開車途中想睡覺時，最好先停車瞇一下。

036 눈치가 빠르다 TOPIK 35

남의 마음을 남다르게 빨리 알아채다.
能快速察覺他人的內心想法。

➜ 언니는 눈치가 빠르고 싹싹해서 어른들에게 사
랑을 받는다.

姐姐擅長察言觀色又善解人意，因此備受大
人們的疼愛。

練習題 03

[1-2] 다음 글을 읽고 물음에 답하십시오.
請閱讀下文並回答問題

> 가족이 함께 보는 주말 예능 프로그램에 (　　㉠　　) 선정적인 장면
> 이 자주 연출되어서 논란이 되고 있다. 또한 어린 여자 가수들이 과도한
> 노출을 하는 경우도 있어서 시청자들이 (　　㉡　　) 채널을 돌리는 경
> 우도 많다.

1 ㉠에 알맞은 말을 고르십시오.
請選出符合ㄱ的選項

① 꼬리를 무는　　　　　　② 넋이 빠지는

③ 꼬리를 밟힌　　　　　　④ 낯이 뜨거운

2 ㉡에 알맞은 말을 고르십시오.
請選出符合ㄴ的選項

① 눈을 붙이면서　　　　　② 눈에 불을 켜고

③ 눈살을 찌푸리며　　　　④ 눈독을 들이면서

3 다음 밑줄 친 부분과 바꿔 쓸 수 있는 표현을 고르십시오.
請選出可替換底線部分的選項

> 늘그막에 얻은 손주가 매우 <u>귀엽고 사랑스러워 견딜 수가 없다.</u>

① 눈치가 빠르다　　　　　② 꼬리를 밟히다

③ 난다 긴다 하다　　　　　④ 눈에 넣어도 아프지 않다

[4-5] 다음 보기를 참고하여 물음에 답하십시오.

請參考下列範例並回答問題

보 기 範例		
꼬리를 물다	꼬리를 밟히다	난다 긴다 하다
낯이 뜨겁다	넋이 빠지다	눈독을 들이다
눈 밖에 나다	눈살을 찌푸리다	눈에 넣어도 아프지 않다
눈에 불을 켜다	눈을 붙이다	눈치가 빠르다

4 빈 칸에 알맞은 말을 보기에서 골라 쓰십시오.

請將適當的用法填入空格中

① 그녀는 _____ 시어머니의 기분을 맞춰 준다.

② 아이들은 만화 영화를 _____ 한참 보고 있다.

③ 계속 둘러대던 거짓말이 _____ 들통 나 버렸다.

④ 부동산 사기를 입은 피해자들이 _____ 항의했다.

⑤ 전국 미술 대회에서 _____ 학생들이 모여서 경쟁한
다.

5 제시된 말과 어울리는 표현을 보기에서 골라 쓰십시오.

請寫出符合下列單字的表達

① 이어지다 : _____

② 욕심내다 : _____

③ 자다(쉬다) : _____

④ 미움을 받다 : _____

04

037 눈코 뜰 사이[새] 없다 `TOPIK 25/31/32`

정신 못 차리게 아주 바쁘다.

非常忙碌，令人無法專注精神。

➔ 오늘따라 손님이 많아서 눈코 뜰 사이도 없었
다.

今天客人特別多，一刻都不得閒。

038 다리를 놓다 `TOPIK 26`

상대편과 관련을 짓기 위하여 중간에 다른
사람을 넣다.

為了和對方攀關係，找其他人當橋樑。

➔ 영화에 출연하고 싶어서 영화감독과 아는 사람
에게 다리를 놓아 달라고 부탁했다.

他為了能演出電影，所以請認識導演的人幫
忙轉介紹。

039 더할 나위 없이 TOPIK 16

무엇을 더 할 수 있는 여유나 더 해야 할 필요
가 없다.

沒辦法再做更多，或不需要再多做。

→ 이사한 집의 주변 환경이 더할 나위 없이 좋다.

搬家後的週邊環境好到不能再好。

> **나위**：再多做其他事的餘裕或需求

040 된서리를 맞다 TOPIK 27

모진 재앙이나 억압을 당하다.

遭遇強力的災難或壓迫。

→ 선배들 앞에서 겁 없이 까불다가 된서리를 맞
고 후회했다.

我後悔自己不知好歹在前輩面前放肆，結果
受到了嚴重的抨擊。

> **된서리**：用來比喻強力災難或打擊的話

041 뒷짐 지다 TOPIK 20

어떤 일에 자신은 전혀 상관없는 것처럼 구경만 하고 있다.

彷彿事不關己，只在一旁觀看。

➜ 불이 난 집을 그저 뒷짐 지고 지켜보기만 했다.

　她袖手旁觀著起火的房子。

> **뒷짐**：兩手放在背後交握的樣子

042 등을 돌리다 TOPIK 24/29/33

뜻을 같이하던 사람이나 단체와 관계를 끊고 배척하다.

排斥與原本志同道合的人或團體並斷絕往來。

➜ 친구가 심한 장난을 쳐서 정말 화가 나는 바람에 등을 돌리고 혼자 집에 왔다.

　朋友開了嚴重的玩笑，我一氣之下就自己回家了。

043 말꼬리를 흐리다 TOPIK 28

말의 끝을 분명하지 않고 어렴풋하거나 모호하게 하다.

說話的語尾不確實或模糊不清。

➜ 면접시험을 볼 때 말꼬리를 흐리면 자신감이 없어 보인다.

　面試時若說話結尾不確切，看起來便沒有自信。

> 말꼬리＝句尾

044 맥을 놓다 TOPIK 30

긴장이 풀려 멍하게 되다.

緊張鬆懈後呆愣的樣子。

➜ 꼭 가고 싶던 공연 좌석이 모두 마감되어서 실망감에 맥을 놓고 앉아 있다.

　一直很想看的公演座位全數售罄，因為太失望而失魂地坐著。

> **맥**：精神或力氣

045 맥이 빠지다 TOPIK 19/20

기운이나 힘이 빠지다.
失去精神或力氣。

→ 몇 번이고 도전했지만 경품 응모를 할 때마다
모두 꽝이 나와서 맥이 빠진다.
雖然挑戰了很多次，但每次抽獎品都抽到銘
謝惠顧，令人洩氣。

046 머리를 맞대다 TOPIK 27/34

어떤 일을 의논하거나 결정하기 위하여 서로
마주 대하다.
為了討論並決定某件事而聚首。

→ 문제가 발생하자 모두 머리를 맞대고 대책을
논의했다.
一出現問題，所有人便聚在一起討論對策。

047 머리를 숙이다 TOPIK 24

마음속으로 매우 감탄하여 수긍하거나 경의를 표하다.
內心十分佩服肯定或表達敬意。

→ 전 재산을 사회에 기부한 할머니께 머리를 숙여 감사의 뜻을 전합니다.

我們對把全數財產捐獻到社會上的奶奶鞠躬致謝。

048 머리를 식히다 TOPIK 30

흥분되거나 긴장된 마음을 가라앉히다.
沉澱激動或緊張的心情。

→ 공부를 하다가 머리를 식히려고 잠깐 음악을 듣곤 한다.

讀書時為了沉澱腦袋，我常會聽音樂。

練習題 04

[1-2] 다음 글을 읽고 물음에 답하십시오.
請閱讀下文並回答問題

> 한 여성이 남편의 상습적 협박과 폭행을 경찰에 신고했다. 그러나 경찰은 (㉠) 아무런 조치를 취하지 않았고, 결국 그 여성이 남편에게 살해당하는 사건이 일어났다. 경찰이 국민을 보호해 줄 거라고 생각했던 국민들의 입장에서는 정말로 (㉡) 일이 아닐 수 없다.

1 ㉠에 알맞은 말을 고르십시오.
請選出符合ㄱ的選項

① 뒷짐 지고   ② 다리를 놓고

③ 머리를 숙이고   ④ 말꼬리를 흐리며

2 ㉡에 알맞은 말을 고르십시오.
請選出符合ㄴ的選項

① 맥이 빠지는   ② 머리를 맞대는

③ 된서리를 맞는   ④ 더할 나위 없는

3 다음 밑줄 친 부분과 바꿔 쓸 수 있는 표현을 고르십시오.
請選出可替換底線部分的選項

> 이 제품은 <u>그 이상을 상상할 수 없을 만큼</u> 성능이 뛰어나다.

① 등을 돌리도록   ② 맥을 놓을 만큼

③ 더할 나위 없이   ④ 눈코 뜰 사이 없이

[4-5] 다음 보기를 참고하여 물음에 답하십시오.
請參考下列範例並回答問題

보 기 範例
등을 돌리다　　　　다리를 놓다　　　　더할 나위 없이
된서리를 맞다　　　　뒷짐 지다　　　　눈코 뜰 사이[새] 없다
말꼬리를 흐리다　　　　맥을 놓다　　　　맥이 빠지다
머리를 맞대다　　　　머리를 숙이다　　　　머리를 식히다

4 빈 칸에 알맞은 말을 보기에서 골라 쓰십시오.
請將適當的用法填入空格中

① 동생은 나의 다그침에 ＿＿＿＿＿＿＿＿＿＿＿＿ 대답을 이어 갔다.

② 환율 하락으로 ＿＿＿＿＿＿＿＿＿＿＿＿ 회사가 파산했다.

③ 문제 해결을 위해 ＿＿＿＿＿＿＿＿＿＿＿＿ 고민해 보았다.

④ 유가족들에게 ＿＿＿＿＿＿＿＿＿＿＿＿ 위로의 말을 전한다.

⑤ 봉사자들은 기운이 다 빠져서 ＿＿＿＿＿＿＿＿＿＿＿＿ 앉아 있다.

5 제시된 말과 어울리는 표현을 보기에서 골라 쓰십시오.
請寫出符合下列單字的表達

① 바쁘다 : ＿＿＿＿＿＿＿＿＿＿＿＿＿＿＿＿＿＿

② 소개하다 : ＿＿＿＿＿＿＿＿＿＿＿＿＿＿＿＿＿＿

③ 휴식하다 : ＿＿＿＿＿＿＿＿＿＿＿＿＿＿＿＿＿＿

④ 외면하다 : ＿＿＿＿＿＿＿＿＿＿＿＿＿＿＿＿＿＿

05

049 머리를 쥐어짜다 TOPIK 19

아주 애를 써서 깊이 생각하다.
絞盡腦汁、深思熟慮。

→ 가게를 홍보할 방법을 생각하며 머리를 쥐어짜
고 있다.
　我絞盡腦汁地思考宣傳店面的方法。

050 머리를 흔들다 TOPIK 31

**강한 거부의 의사를 표현하거나 진저리를 치
다.**
表示強烈否定或厭惡。

→ 둘이 사귀냐는 말에 친구는 머리를 흔들며 강
하게 부정했다.
　聽到有人問他們是不是在交往，兩人強烈地
　搖頭否認。

051 목을 축이다 `TOPIK 16`

목이 말라 물 등 음료를 마시다.
因口渴而喝水等飲料。

➜ 운동을 하고 목을 축이려고 물을 마셨다.
  運動之後，我喝水解渴。

> **축이다**：用水沾濕使其濕潤

052 몸 둘 바를 모르다 `TOPIK 21`

어떻게 처신해야 할지 모르다.
不知該如何處理。

➜ 내 아들을 때린 학생의 어머니는 몸 둘 바를 몰라 하며 나에게 사과를 했다.
  對我兒子動手的學生母親不知所措地向我道歉。

053 몸을 사리다

어떤 일에 적극적으로 나서지 않고 살살 몸을 아끼다.

對某件事不積極挺身而出，有所保留。

→ 난생 처음 운동을 해서 아무래도 몸을 사리게 되었다.

因為是生平第一次運動，所以我不敢輕易嘗試。

054 무게를 더하다

사물이 지닌 가치나 중요성의 정도를 더 있게 하다.

增加事物的價值或重要性。

→ 목격자의 증언은 그 남자가 범인이라는 주장에 무게를 더했다.

目擊者的證詞讓他是犯人的主張更站得住腳。

055 물불을 가리지 않다 `TOPIK 18/25/31/32`

위험이나 곤란을 고려하지 않고 막무가내로
행동하다.

不考慮危險或困難因素，執意行動。

→ 소방관들은 구조를 위해 물불을 가리지 않는
다.

消防員為了救援，赴湯蹈火在所不惜。

056 바가지를 긁다 `TOPIK 28`

주로 아내가 남편에게 생활의 어려움에서 오
는 불평과 잔소리를 심하게 하다.

主要用於妻子對丈夫抱怨因生活困難而產
生的不滿。

→ 술을 자주 마시고 집에 늦게 들어오는 남편에
게 바가지를 긁게 되었다.

她對著總是喝酒晚歸的丈夫發牢騷。

057 바람을 일으키다

사회적으로 많은 사람에게 영향을 미치다.
在社會上對許多人造成影響。

→ 80년대 인기 가수들이 중년층 사이에서 다시
　바람을 일으키고 있다.
　80 年代的人氣歌手們再次在中年族群當中引
　起風潮。

058 박차를 가하다

어떤 일을 촉진하려고 힘을 더하다.
為了推動某件事而出力。

→ 학교 건물을 짓는 막바지 공사에 박차를 가하
　고 있다.
　正為了學校大樓工程的最後階段加緊腳步。

> **박차**：為了推動某件事所花的力量

059 발등에 불이 떨어지다 TOPIK 28

일이 아주 절박하게 닥치다.
事情非常緊迫。

→ 발등에 불이 떨어져야 일하는 버릇 때문에 일
을 제때 끝내지 못했다.
等到事情迫在眉睫才動作的工作習慣，讓我
無法準時完工。

060 발등을 찍히다 TOPIK 23

남에게 배신을 당하다.
被他人背叛。

→ 믿었던 친구에게 발등을 찍히고 말았다.
最後被信任的朋友背叛了。

練習題 05

[1-2] 다음 글을 읽고 물음에 답하십시오.
請閱讀下文並回答問題

> 자기 일이 아니면 (㉠) 물러나 있는 사람들이 있다. 그러나 회사의 일이 곧 내 일이라고 생각하며 언제나 (㉡) 앞서서 돕는 사람들은 결국 인정을 받게 된다. 똑같은 일이 주어졌을 때도 일을 피하려고 하는 사람은 왜 나에게 이런 일을 맡길까 생각하며 불만을 갖지만 적극적인 사람들은 성취감을 느끼며 즐겁게 일한다.

1 ㉠에 알맞은 말을 고르십시오.
請選出符合ㄱ的選項

① 목을 축이며　　　　　　　② 몸을 사리며

③ 바가지를 긁고　　　　　　④ 바람을 일으키며

2 ㉡에 알맞은 말을 고르십시오.
請選出符合ㄴ的選項

① 물불 가리지 않고　　　　② 머리를 쥐어짜면서

③ 몸 둘 바를 모르는 듯　　④ 발등에 불이 떨어져서

3 다음 밑줄 친 부분과 바꿔 쓸 수 있는 표현을 고르십시오.
請選出可替換底線部分的選項

> 사업을 확장시키는 기세가 달리는 말에 채찍질하는 것과 같다.

① 머리를 흔드는　　　　　　② 무게를 더하는

③ 발등을 찍히는　　　　　　④ 박차를 가하는

[4-5] 다음 보기를 참고하여 물음에 답하십시오.
請參考下列範例並回答問題

보 기 範例		
머리를 쥐어짜다	머리를 흔들다	목을 축이다
몸 둘 바를 모르다	몸을 사리다	무게를 더하다
바가지를 긁다	바람을 일으키다	물불을 가리지 않는다
박차를 가하다	발등을 찍히다	발등에 불이 떨어지다

4 빈 칸에 알맞은 말을 보기에서 골라 쓰십시오.
請將適當的用法填入空格中

① 모든 증거가 그의 주장에 _____ 있다.

② 교수님의 칭찬에 나는 _____ 어색해 했다.

③ 경찰의 질문에 그는 _____ 강하게 부정했다.

④ 홈쇼핑 사업은 업계에 _____ 크게 성장했다.

⑤ 달리기를 하다가 시원한 물로 _____ 다시 뛰었다.

5 제시된 말과 어울리는 표현을 보기에서 골라 쓰십시오.
請寫出符合下列單字的表達

① 급하다 : _____

② 고민하다 : _____

③ 잔소리하다 : _____

④ 배신 당하다 : _____

06

061 발목을 잡히다 TOPIK 17/24/33

어떤 일에 꽉 잡혀서 벗어나지 못하다.

被某件事糾纏住，無法脫身。

➜ 회사와의 계약이 발목을 잡고 있어서 쉽게 일
을 그만두지 못한다.

　被公司的合約綁住，所以無法輕易辭職。

062 발 벗고 나서다 TOPIK 27

봉사활동 희망자

적극적으로 나서다.

積極地挺身而出。

➜ 안전한 먹을거리를 만드는 데 기업이 발 벗고
나섰다.

　為了製作安全的食品，企業挺身而出。

063 발뺌을 하다 TOPIK 17

자기가 관계된 일에 책임을 지지 않고 빠지다.

不對自己的事情負責、脫身。

➔ 사장님이 급여를 올려주기로 했는데 월급날이 되자 발뺌을 했다.

老闆答應要調升薪水，但到了發薪日卻不認帳。

064 발을 맞추다 TOPIK 29

여러 사람이 각자의 행동이나 말을 하나의 목표나 방향을 향하여 일치시키다.

幾個人將各自的行動和發言導向一致的目標或方向。

➔ 시장의 변화에 발을 맞추어 경영 전략을 새로 수립하고 있다.

為了配合市場的變化，正在建立新的經營戰略。

065 발이 넓다 TOPIK 27

사귀어 아는 사람이 많아 활동하는 범위가
넓다.
來往、認識的人眾多，活動範圍廣闊。

➜ 오빠는 발이 넓어서 여기저기 아는 친구가 많
다.

哥哥交際廣泛，到處都有許多朋友。

066 변덕이 죽 끓듯 하다 TOPIK 20

말이나 행동을 몹시 이랬다저랬다 하다.
言語和行動反覆無常。

➜ 내 여자 친구는 변덕이 죽 끓듯 해서 맞춰 주기
가 어렵다.

我的女朋友十分善變，所以非常難配合。

> **변덕**：出爾反爾、善變的態度或個性

067 불 보듯 훤하다 TOPIK 20

앞으로 일어날 일이 의심할 여지가 없이 아주 명백하다.
即將發生的事情幾乎不需質疑、十分明確。

→ 눈에 띄지 않는 광고는 소비자들의 눈길을 끌지 못할 것이 불 보듯 훤하다.
不起眼的廣告無法吸引消費者的眼光是非常確切的事。

068 비행기를 태우다 TOPIK 35

남을 지나치게 칭찬하거나 높이 추어올려 주다.
過度地稱讚或奉承他人。

→ 고모는 나만 보면 잘생겼다며 자꾸 비행기를 태우신다.
姑姑每次看到我總稱讚我長得帥，讓我要飛上天了。

069 세상 모르게

깊은 잠에 빠지거나 술에 취해 아무것도 의식하지 못하다.

因熟睡或喝醉酒而無法意識到其他事物。

→ 낮에 많이 놀아서 피곤한지 아이가 세상 모르게 자고 있다.

大概是白天玩得太累了，孩子們都睡得不省人事。

070 속이 타다

걱정이 되어 마음이 달다.

擔心焦急。

→ 여행지에서 지갑을 잃어버려서 속이 탔다.

在旅行的地方遺失錢包讓我很著急。

071 손때가 묻다

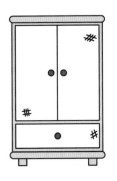

그릇, 가구 등 물건을 오래 써서 길이 들거나 정이 들다.

碗盤、家具等物品因長久使用而習慣或產生感情。

➜ 할머니의 손때가 묻은 물건을 소중하게 간직하고 있다.

我珍藏著奶奶慣用的物品。

> 손때：因長久使用、觸碰所留下的痕跡

072 손사래를 치다

거절이나 부인을 하며 손을 펴서 마구 휘젓다.

為表達拒絕或否認之意，展開手掌大力地揮動。

➜ 용돈을 드리겠다는 손녀의 말에 할머니는 손사래를 치며 사양하셨다.

聽見孫女要給自己零用錢，奶奶揮手拒絕。

> 손사래：為了否認某句話或事實，展開手掌並揮手的動作

練習題 06

[1-2] 다음 글을 읽고 물음에 답하십시오.
　　　　　請閱讀下文並回答問題

> 　세계화 시대에 (　⊙　) 명목 하에 지나치게 외국어를 사용하는
> 것 같다. 한국어로 써도 되는 말을 외국어로 쓰는 것이다. 한국어보다는
> 영어가 더 세련되어 보인다고 생각하는 사람들 때문에 길거리에도 한국
> 어로 된 간판을 찾아보기 어려워졌다. 이런 현상을 보고 있자면 국어를
> 사랑하는 사람의 입장에서는 (　ⓛ　) 노릇이다.

1 ⊙에 알맞은 말을 고르십시오.
　　請選出符合ㄱ的選項

　① 발이 넓다는　　　　　　　② 발을 맞춘다는
　③ 발뺌을 한다는　　　　　　④ 발목을 잡힌다는

2 ⓛ에 알맞은 말을 고르십시오.
　　請選出符合ㄴ的選項

　① 속이 탈　　　　　　　　　② 세상 모를
　③ 발목을 잡힐　　　　　　　④ 손때가 묻을

3 다음 밑줄 친 부분과 바꿔 쓸 수 있는 표현을 고르십시오.
　　請選出可替換底線部分的選項

> 　서로 남에게 책임을 떠넘기면서 자기만 <u>빠져나가려고 한다.</u>

　① 발뺌을 한다　　　　　　　② 손때가 묻는다
　③ 발목을 잡는다　　　　　　④ 발 벗고 나선다

[4-5] 다음 보기를 참고하여 물음에 답하십시오.

請參考下列範例並回答問題

보 기 範例		
발목을 잡히다	발 벗고 나서다	발뺌을 하다
발을 맞추다	발이 넓다	변덕이 죽 끓듯 하다
불 보듯 훤하다	비행기를 태우다	세상 모르게
속이 타다	손때가 묻다	손사래를 치다

4 빈 칸에 알맞은 말을 보기에서 골라 쓰십시오.

請將適當的用法填入空格中

① 캠핑에 다녀 온 아이들이 _____ 자고 있다.

② 나는 언니와 오빠의 _____ 책을 물려받았다.

③ 형은 _____ 길에서 꼭 아는 사람과 마주친다.

④ 어머니는 내게 무슨 일이 생기면 늘 _____ 주신다.

⑤ 일을 그만두고 싶었지만 _____ 바람에 그럴 수 없다.

5 제시된 말과 어울리는 표현을 보기에서 골라 쓰십시오.

請寫出符合下列單字的表達

① 뻔하다 : _____

② 치켜세우다 : _____

③ 이랬다저랬다 : _____

④ 거절(부인)하다 : _____

07

073 손에 땀을 쥐다 TOPIK 23/34

아슬아슬하여 마음이 조마조마하도록 몹시 애달다.

驚險緊張讓人提心吊膽、著急。

→ 축구 결승전은 손에 땀을 쥐게 하는 막상막하의 경기였다.

這場足球決賽是一場令人膽顫心驚、不分上下的比賽。

074 손에 익다 TOPIK 24/33

일이 손에 익숙해지다.

做事熟練、上手。

→ 오랫동안 반복한 일은 손에 익어서 작업 속도가 빠르다.

長久以來反覆做的工作，因為熟練所以做起來很快。

075 손에 잡히다 TOPIK 16

마음이 차분해져 일할 마음이 내키고 능률이 나다.

心情冷靜沉著，能用心做事且有效率。

→ 걱정했던 일이 해결되자 마음이 가벼워지고 일이 손에 잡히기 시작했다.

擔心的事情解決後，心情輕鬆多了，工作也開始得心應手。

076 손을 벌리다 TOPIK 24

무엇을 달라고 요구하거나 구걸하다.

要求或乞求某樣事物。

→ 삼촌은 직장을 잃고 친척들에게 손을 벌려 겨우 생활을 이어갔다.

叔叔失去工作後，向親戚們伸手討幫助才勉強維持生計。

077 손을 씻다 TOPIK 22

부정적인 일이나 찜찜한 일에 대하여 관계를
청산하다.
與負面或有疑慮的事撇清關係。

→ 도박 중독자였던 연예인이 이제는 손을 씻었다
고 말했다.
曾經賭博上癮的藝人表示自己現在已金盆洗
手。

078 손이 빠르다 TOPIK 29

일 처리가 빠르다.
事情處理得很快。

→ 며느리가 손이 빨라서 짧은 시간 안에 많은 일
을 끝낸다.
媳婦的手腳很快,在短時間內就做完好多事。

079 숨이 트이다 TOPIK 21

답답하던 것이 해소되다.
令人鬱悶的事情被解決。

➡ 일주일 동안 집에만 있다가 밖에 나오니 숨이
트이는 것 같았다.

整個星期都待在家裡，出了家門後覺得通體
舒暢。

080 시치미를 떼다 TOPIK 22

**자기가 하고도 하지 아니한 체하거나 알고
있으면서도 모르는 체하다.**
自己做了或知道某事卻裝作沒這回事。

➡ 냉장고에 있던 빵을 먹었냐고 물어보자 동생은
아니라고 시치미를 뗐다.

我問弟弟是不是吃了冰箱裡的麵包，他就裝
蒜否認。

081 실마리를 찾다 TOPIK 19

일이나 사건을 풀어 나갈 수 있는 첫 부분을 찾다.

發現能解決事情的頭緒。

➔ 오랫동안 해결되지 않았던 사건의 실마리를 찾았다.

長久以來未能解決的案子終於找到線索了。

실마리 ≒ 線索、鑰匙、破口、頭緒

---

082 쌍벽을 이루다 TOPIK 29

여럿 가운데 특별히 뛰어난, 우열을 가리기 어려운 둘을 비유적으로 이르는 말

用來比喻在眾人之中特別傑出、難分優劣的兩人。

➔ 두 가수는 실력이나 외모가 쌍벽을 이루는 라이벌 관계이다.

兩位歌手不論實力或外貌都是並駕齊驅的對手關係。

083 아랑곳하지 않다 TOPIK 18

일에 나서서 참견하거나 관심을 두지 않다.
不出面干預或關注某事。

➜ 개 짖는 소리가 아주 시끄러운데도 아랑곳하지
   않고 전화 통화를 계속 하고 있다.
   即便小狗的吠叫聲十分吵鬧，他仍不管不顧
   地繼續通電話。

084 알다가도 모르다 TOPIK 16

어떤 일이 선뜻 이해가 가지 않는다.
無法透徹理解某事。

➜ 화를 냈다 웃었다 하는 그의 기분은 정말 알다
   가도 모르겠다.
   他一下哭一下笑，真是猜不透他的情緒。

[1-2] 다음 글을 읽고 물음에 답하십시오.
請閱讀下文並回答問題

> 많은 여성들이 자상하고 따스한 남성 스타일을 좋아한다고 말한다. 그런데 정작 인기 있는 남자는 변덕이 죽 끓듯 하는 여자들의 감정 변화에도 (㉠), 소위 '나쁜 남자'들인 것만 같다. 그래서 딱히 자상하지도, 그렇다고 여자들에게 나쁘게 굴지도 못하는 남자들은 여자의 마음은 갈대라며 (㉡)고 말한다.

1 ㉠에 알맞은 말을 고르십시오.
請選出符合ㄱ的選項

① 손을 벌리는   ② 숨이 트이는
③ 시치미를 떼는   ④ 아랑곳하지 않는

2 ㉡에 알맞은 말을 고르십시오.
請選出符合ㄴ的選項

① 손에 잡힌다   ② 쌍벽을 이룬다
③ 실마리를 찾는다   ④ 알다가도 모르겠다

3 다음 밑줄 친 부분과 바꿔 쓸 수 있는 표현을 고르십시오.
請選出可替換底線部分的選項

> 고대문자의 비밀을 풀 결정적인 단서를 발견했다.

① 손에 잡혔다   ② 시치미를 뗐다
③ 실마리를 찾았다   ④ 아랑곳하지 않았다

[4-5] 다음 보기를 참고하여 물음에 답하십시오.
請參考下列範例並回答問題

보 기 範例		
손에 땀을 쥐다	손에 익다	손에 잡히다
손을 벌리다	손을 씻다	손이 빠르다
숨이 트이다	시치미를 떼다	실마리를 찾다
쌍벽을 이루다	아랑곳하지 않다	알다가도 모르다

4 빈 칸에 알맞은 말을 보기에서 골라 쓰십시오.
請將適當的用法填入空格中

① 작업반장은 ＿＿＿＿＿＿＿＿＿＿＿＿＿＿＿ 늘 할당량을 빨리 채웠다.

② 부모님께 ＿＿＿＿＿＿＿＿＿＿＿＿＿＿ 싫어서 아르바이트를 시작했다.

③ 두 가수는 실력이 ＿＿＿＿＿＿＿＿＿＿＿＿ 인기는 크게 차이 난다.

④ 동생이 내 빵을 몰래 먹고 ＿＿＿＿＿＿＿＿＿＿＿ 바람에 약이 올랐다.

⑤ 수능 시험을 보는 동생이 걱정되어 일이 ＿＿＿＿＿＿＿＿＿＿＿ 않는다.

5 제시된 말과 어울리는 표현을 보기에서 골라 쓰십시오.
請寫出符合下列單字的表達

① 익숙하다 : ＿＿＿＿＿＿＿＿＿＿＿＿＿＿＿＿＿＿＿

② 긴장하다 : ＿＿＿＿＿＿＿＿＿＿＿＿＿＿＿＿＿＿＿

③ 청산하다 : ＿＿＿＿＿＿＿＿＿＿＿＿＿＿＿＿＿＿＿

④ 해소되다 : ＿＿＿＿＿＿＿＿＿＿＿＿＿＿＿＿＿＿＿

08

085 어깨가 무겁다 TOPIK 29

일
결혼
내집 마련
자기 개발
학업 취업

무거운 책임을 져서 마음에 부담이 크다.
承擔重責，心理壓力很大。

➜ 이번에 팀장으로 승진하게 되어 어깨가 무겁다.

這次升上組長後覺得壓力很大。

086 어깨를 으쓱거리다 TOPIK 18

뽐내고 싶은 기분이나 떳떳하고 자랑스러운 기분이 되다.
想炫耀或是堂堂正正、驕傲的心情。

➜ 대회에서 1등을 한 친구가 어깨를 으쓱거리며 자랑하고 다닌다.

比賽中贏得冠軍的朋友趾高氣昂地到處炫耀。

087 어찌할 수 없다 TOPIK 18

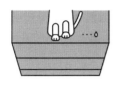

어떠한 방법으로도 할 수 없다.
不論用什麼方法都沒有用。

➔ 이미 지난 일은 후회가 된다고 해도 어찌할 수
없다.
已經過去的事即使後悔也沒用。

088 얼굴이 두껍다 TOPIK 17/28

부끄러움을 모르고 염치가 없다.
不知羞恥、厚臉皮。

➔ 범인은 어찌나 얼굴이 두꺼운지 몇 차례나 도
둑질을 하다가 잡혔으면서도 전혀 반성하는 기
미가 보이지 않았다.
這犯人真是厚臉皮，已多次行竊並遭逮捕仍
無反省之意。

089 엄두를 못 내다 TOPIK 18

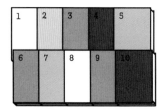

시험공부

감히 무엇을 하려는 마음을 먹지 못하다.
不敢下定決心去做某件事。

→ 이번 시험에는 공부해야 할 것이 너무 많아서
아직 시험공부를 시작할 엄두를 못 내고 있다.
這次考試要念的東西太多，還無法開始著手
準備。

> **엄두** : 去做某事的念頭

090 엉덩이가 무겁다 TOPIK 32

한번 자리를 잡고 앉으면 좀처럼 일어나지
않다.
一就定位便不輕易起身。

→ 친구는 엉덩이가 무거워서 하루 종일 꼼짝도
않고 공부를 했다.
朋友很坐得住，整天一動也不動地在念書。

091 열을 올리다[내다] TOPIK 30

무엇에 열중하거나 열성을 보이다.
對某事非常熱衷或表現熱忱。

→ 방송사에서는 큰 수익을 올릴 수 있는 광고 유치에 열을 올리고 있다.

電視台非常致力於能提升大量收益的廣告裝置。

092 으름장을 놓다 TOPIK 27/32

말과 행동으로 위협하다.
用言語或行動威脅。

→ 아버지는 나의 시험 점수를 보시고는 공부를 열심히 하지 않으면 휴대전화를 뺏겠다며 으름장을 놓으셨다.

爸爸看了我的分數後，威脅我若不認真讀書就要沒收手機。

> **으름장**：用言語或行動威脅的行為

093 입에 대다

음식을 먹거나 마시다. 또는 담배를 피우다.
吃或飲用食物，抑或是抽菸。

➜ 아버지는 술을 입에 대지도 않으신다.
    爸爸滴酒不沾。

094 입에 풀칠하다 TOPIK 16

근근이 살아가다.
勉強過活。

➜ 아버지의 월급으로는 네 식구가 입에 풀칠하기
    도 어려웠다.
    爸爸的薪水連勉強維持四口家人的生計都有
    困難。

095 입을 맞추다 TOPIK 34

서로의 말이 일치하도록 하다.

統一彼此的意見。

→ 생일 선물을 준비했다는 사실을 말하지 않기로
서로 입을 맞추었다.

我們約定好不說出有準備生日禮物的事。

096 입을 모으다 TOPIK 27

여러 사람이 같은 의견을 말하다.

許多人表達相同的意見。

→ 모든 사람들이 입을 모아 이번 여행은 차를 타
고 가자고 말한다.

大家一致贊同這趟旅行要搭車前往。

練習題 08

[1-2] 다음 글을 읽고 물음에 답하십시오.
請閱讀下文並回答問題

> '꾸준함'은 학업 성취도를 결정짓는 중요한 요소이다. 필요할 때만 잠깐 공부하는 것보다 꾸준하게 공부하는 것이 중요하다는 말이다. 실제로 꾸준히 앉아서 공부하는, 즉 (㉠   ) 학생들은 성적이 좋은 경우가 많다. 그래서 교육 전문가들은 어릴 때부터 공부하는 습관을 들이도록 지도하는 것이 중요하다고 (㉡   ) 말한다.

1 ㉠에 알맞은 말을 고르십시오.
請選出符合ㄱ的選項

① 입을 맞추는　　　　　　② 얼굴이 두꺼운
③ 어깨가 무거운　　　　　④ 엉덩이가 무거운

2 ㉡에 알맞은 말을 고르십시오.
請選出符合ㄴ的選項

① 입에 대어　　　　　　② 입을 모아
③ 으름장을 놓으며　　　④ 어깨를 으쓱대며

3 다음 밑줄 친 부분과 바꿔 쓸 수 있는 표현을 고르십시오.
請選出可替換底線部分的選項

> 목격자들은 상당히 흥분한 상태로 사고 당시 상황을 설명했다.

① 열을 올리며　　　　　② 어찌할 수 없이
③ 엄두를 못 내며　　　④ 어깨가 무거워서

[3-4] 다음 보기를 참고하여 물음에 답하십시오.

請參考下列範例並回答問題

보 기 範例		
어깨가 무겁다	어찌할 수 없다	어깨를 으쓱거리다
얼굴이 두껍다	엄두를 못 내다	엉덩이가 무겁다
열을 올리다[내다]	으름장을 놓다	입에 대다
입에 풀칠하다	입을 맞추다	입을 모으다

3 빈 칸에 알맞은 말을 보기에서 골라 쓰십시오.

請將適當的用法填入空格中

① 아이들은 미리 ＿＿＿＿＿＿＿＿＿＿＿＿ 선생님을 속였다.

② 단 한 번도 술이나 담배에 ＿＿＿＿＿＿＿＿＿＿＿＿ 않았다.

③ 가난한 살림에 ＿＿＿＿＿＿＿＿＿＿＿＿ 어려운 시절이었다.

④ 지갑을 잃어버려서 ＿＿＿＿＿＿＿＿＿＿＿＿ 집에 걸어서 갔다.

⑤ 나는 고소공포증이 있어서 놀이기구를 탈 ＿＿＿＿＿＿＿＿＿＿＿＿ .

4 제시된 말과 어울리는 표현을 보기에서 골라 쓰십시오.

請寫出符合下列單字的表達

① 뽐내다 : ＿＿＿＿＿＿＿＿＿＿＿＿＿＿＿＿＿＿

② 위협하다 : ＿＿＿＿＿＿＿＿＿＿＿＿＿＿＿＿＿

③ 뻔뻔하다 : ＿＿＿＿＿＿＿＿＿＿＿＿＿＿＿＿＿

④ 부담이 되다 : ＿＿＿＿＿＿＿＿＿＿＿＿＿＿＿

097 입이 귀에 걸리다 TOPIK 25

기쁘거나 즐거워 입이 크게 벌어지다.
感到開心或愉悅，咧嘴而笑。

➔ 아들의 취직 소식에 어머니는 입이 귀에 걸리셨다.
聽見兒子找到工作的消息，媽媽笑得合不攏嘴。

098 입이 (딱) 벌어지다 TOPIK 33

매우 놀라거나 좋아하다.
非常驚嚇或喜歡。

➔ 신기한 묘기를 눈 앞에서 실제로 보았을 땐 정말로 입이 딱 벌어지고야 말았다.
親眼看見神奇的絕技真讓我目瞪口呆。

099 자리를 잡다 `TOPIK 26`

일정한 지위나 공간을 차지하다.
佔據一定的地位或空間。

→ 오빠는 서울에서 자리를 잡고 연락하겠다는 편
지를 남겨 두고 떠나 버렸다.

　哥哥留下一封信，說自己在首爾定下來後會
　連絡我們，便一走了之。

100 줄행랑을 놓다[치다] `TOPIK 21/31`

낌새를 채고 피하여 달아나다.
察覺苗頭不對，便快速逃跑。

→ 가게 주인이 나오려고 하자 물건을 훔치려던
사람이 잽싸게 줄행랑을 놓았다.

　店主人正想走出來，在偷東西的人便迅速地
　聞風而逃。

> **줄행랑**：逃跑、逃亡的鄙俗用語。

101 진땀을 빼다 TOPIK 19/23/31

어려운 일이나 난처한 일을 당해서 진땀이 나도록 몹시 애를 쓰다.

遇到困難或尷尬之事，焦躁得直冒汗。

→ 고객들의 항의에 대응하느라 진땀을 빼고 있다.

為了回應顧客的抗議，弄得我全身冒汗。

진땀：感到非常焦慮或困難時所流的汗

102 진이 빠지다 TOPIK 26

실망을 하거나 싫증이 나서 더 이상의 의욕을 상실하다. 또는 힘을 다 써서 기진맥진해지다.

感到失望或厭惡而失去熱情，或是力氣用盡、精疲力竭。

→ 고양이가 한참 동안 신나게 장난감을 가지고 놀더니 진이 빠져서 드러누워 있다.

貓咪興奮地拿玩具玩了好一陣子，現在累得躺在一邊。

진：體和心理活動的力氣

103 찬물을 끼얹다 `TOPIK 18`

잘되어 가고 있는 일에 뛰어들어 분위기를
흐리거나 공연히 트집을 잡아 방해하다.
插手本來順利發展的事情因而打壞氣氛,
或是沒事找碴、造成妨礙。

→ 부장님의 말 한 마디에 회식 자리는 찬물을 끼
얹은 듯 조용해졌다.
部長的一句話就像潑冷水一般,讓聚餐場合
變得鴉雀無聲。

104 첫발을 떼다 `TOPIK 31`

어떤 일이나 사업의 시작에 들어서다.
踏出某件事或事業的開端。

→ 사업이 이제 막 첫발을 뗀 상태라 성공 여부를
장담하기 어렵다.
現在事業才剛起步,很難保證是否能成功。

105 침이 마르다 TOPIK 26

다른 사람이나 물건에 대하여 거듭해서 말하다.

反覆訴說某個人或某件事。

➜ 누나는 컴퓨터를 새로 사고는 침이 마를 정도로 자랑을 한다.

　　姊姊買了新電腦後，便一而再再而三地炫耀。

106 코웃음을 치다 TOPIK 34

남을 깔보고 비웃다.

輕視或嘲笑他人。

➜ 손님들은 이 가게에 진열된 터무니없이 비싼 상품을 보고 코웃음을 치며 지나간다.

　　客人看了店內陳列的天價商品，便嗤之以鼻地走開了。

> **코웃음**：發出鼻音或從鼻腔底部發出的帶批判性的輕笑聲

107 콧대가 높다 TOPIK 35

잘난 체하고 뽐내는 태도가 있다.
表現高傲的姿態、不可一世的態度。

➔ 콧대가 높을 것 같았던 배우가 사실은 털털한
   성격인 경우가 많다.

   有些看起來很高傲的演員，實際的個性都非
   常隨和。

108 콧등이 시큰하다 TOPIK 21

**어떤 일에 감격하거나 슬퍼서 눈물이 나오려
하다.**
因某件事感到悲傷或激動而快要流淚。

➔ 그동안 고생했던 것이 생각나 콧등이 시큰해지
   며 눈물이 났다.

   想到過去的辛苦便感到鼻酸並流淚。

[1-2] 다음 글을 읽고 물음에 답하십시오.

請閱讀下文並回答問題

> 나는 사람들 앞에 나서는 걸 싫어한다. 많은 사람들이 날 쳐다보고 있으면 입에 (㉠) 말을 더듬게 된다. 그런데 대학에 다니다 보면 어쩔 수 없이 발표를 하게 될 때가 있다. 오늘도 준비했던 말이 생각나지 않아서 발표를 이어 나가는 데 상당히 (㉡), 당장이라도 쥐구멍에라도 숨고 싶은 심정이었다.

1 ㉠에 알맞은 말을 고르십시오.

請選出符合ㄱ的選項

① 진이 빠지고 　　　　　　② 자리를 잡고

③ 침이 마르고 　　　　　　④ 찬물을 끼얹고

2 ㉡에 알맞은 말을 고르십시오.

請選出符合ㄴ的選項

① 진땀을 뺐고 　　　　　　② 첫발을 떼었고

③ 콧대가 높았고 　　　　　　④ 코웃음을 쳤고

3 다음 밑줄 친 부분과 바꿔 쓸 수 있는 표현을 고르십시오.

請選出可替換底線部分的選項

> 아버지와 함께 이 영화를 보며 가슴 찡한 감동을 느낄 수 있었다.

① 콧대가 높은 　　　　　　② 콧등이 시큰한

③ 입이 귀에 걸리는 　　　　④ 입이 딱 벌어지는

[4-5] 다음 보기를 참고하여 물음에 답하십시오.

請參考下列範例並回答問題

보 기 範例		
자리를 잡다	입이 (딱) 벌어지다	입이 귀에 걸리다
진이 빠지다	진땀을 빼다	줄행랑을 놓다[치다]
찬물을 끼얹다	첫발을 떼다	침이 마르다
코웃음을 치다	콧대가 높다	콧등이 시큰하다

4 빈 칸에 알맞은 말을 보기에서 골라 쓰십시오.

請將適當的用法填入空格中

① 관중들은 일순간 _____ 듯이 조용해졌다.

② 공원의 한적한 곳에 _____ 돗자리를 폈다.

③ 아이를 돌보는 것은 힘들고 _____ 일이다.

④ _____ 여배우는 자신이 가장 주목받기를 원한다.

⑤ 사회생활에 _____ 신입사원들은 에너지가 넘친다.

5 제시된 말과 어울리는 표현을 보기에서 골라 쓰십시오.

請寫出符合下列單字的表達

① 기쁘다 : _____

② 비웃다 : _____

③ 달아나다 : _____

④ 경악하다 : _____

10

109 턱걸이를 하다 TOPIK 17

어떤 기준에 겨우 미치다.
勉強通過某項標準。

➜ 운전면허 시험에서 턱걸이로 합격을 했다.
駕照考試勉強低空飛過。

110 파리만 날리다 TOPIK 31

영업이나 사업이 잘 안 되어 한가하다.
生意或事業不順利、很冷清。

➜ 가게에 손님이 조금씩 줄더니 아예 파리만 날리고 있다.
店裡的客人慢慢減少，已到了冷清的地步。

111 판에 박은 듯하다 TOPIK 35

사물의 모양이 같거나 똑같은 일이 되풀이
되다.

物品的外型相似或同樣的事情重複發生。

➜ 유행하는 스타일을 보면 판에 박은 듯 비슷비
슷하다.

流行的風格大多是千篇一律，十分相似。

112 팔소매를 걷어붙이다 TOPIK 22

어떤 일에 뛰어들어 적극적으로 일할 태세를
갖추다.

表現積極參與某事的態度。

➜ 고향 마을에 눈사태가 났다는 소식에 팔소매를
걷어붙이고 나섰다.

聽見家鄉出雪災的消息，他便積極挺身而出。

113 팔짱을 끼고 보다 TOPIK 22

**앞에서 벌어지고 있는 일을 나서서 해결하려
하지 않고 보고만 있다.**
面對眼前發生的事，不出面解決只是旁觀。

→ 자신과 관계없는 일이라고 팔짱 끼고 보는 것
은 언론인의 임무가 아니다.

媒體人不該認為事不關己而袖手旁觀。

114 풀이 죽다 TOPIK 19

활기나 기세가 꺾이다.
活力或氣勢被削弱。

→ 동생은 지원했던 회사에서 연락이 오지 않아
풀이 죽어 보인다.

妹妹沒收到投履歷公司的通知，看起來很氣
餒。

풀：強勁的氣勢或活潑的氣息

세금 인상률

기세가 몹시 세차다.

氣勢極度猛烈。

→ 세금 인상률이 날이 갈수록 높아져서 서민들의
부담은 그야말로 하늘을 찌를 것 같다.

税金漲幅日漸上升，人民的壓力幾乎直逼天
際。

마땅히 볼 데를 보지 않고 딴 데를 보다.

不注視該看的地方，分心到其他地方。

→ 운전을 하면서 한눈을 팔다가 사고가 나는 경
우가 많다.

有很多人開車時都因為分心而出車禍。

117 한술 더 뜨다 TOPIK 20

이미 어느 정도 잘못되어 있는 일에 대하여
한 단계 더 나아가 엉뚱한 짓을 하다.
事情已經出了某種程度的錯誤，卻又做出
更離譜的行動。

→ 재료를 구입하는 것만 도와달라더니 한술 더
　떠서 작품까지 만들어 달라고 했다.
　原本只請我幫忙買材料，卻得寸進尺要我做
　出成品。

118 햇빛을 보다 TOPIK 19

용감한 시민상

세상에 알려져 칭송을 받게 되다.
為世人所知，並得到稱頌。

→ 다른 사람을 구하고 도와주던 시민의 행동이
　알려져 햇빛을 보게 되었다.
　市民拯救他人的行動被傳開並得以為人所知。

119 허리띠를 졸라매다 TOPIK 22/26/32

검소한 생활을 하다.

過勤儉的生活。

→ 어머니는 나의 학비를 위해서 허리띠를 졸라매고 열심히 일하셨다.

媽媽為了我的學費勒緊褲帶、努力工作。

졸라매다：防止鬆掉、緊緊綁住

120 혀를 내두르다 TOPIK 26

몹시 놀라거나 어이없어서 말을 못하다.

非常驚訝或無言導致說不出話。

→ 마술사의 교묘한 수법에 사람들은 혀를 내둘렀다.

魔術師精巧的手法令人瞠目結舌。

내두르다：反覆不停搖晃

121 혀를 차다 TOPIK 21

마음이 언짢거나 유감의 뜻을 나타내다.
表達心裡的不快或遺憾。

➔ 아이의 버릇없는 행동에 사람들은 혀를 찼다.
小孩子沒教養的行為令人咋舌。

122 환심을 사다 TOPIK 26

기뻐하고 즐거워하는 마음을 얻다 .
使人開心、愉悅。

➔ 새아빠는 나와 언니의 환심을 사기 위해 자주
선물을 사줬다.
繼父為了討我和姊姊的歡心，經常買禮物給
我們。

> **환심**：開心、喜悅的心情

의기양양하게 행동하다. 또는 제 세상인 듯 함부로 거들먹거리며 행동하다.

趾高氣昂地行動，或是唯我獨尊、大搖大擺地行動。

→ 옛날에 우리 동네에는 남들을 위협하고 나쁜 짓을 일삼는 불량배들이 활개를 치고 돌아다녔었다.

我們社區以前有群經常做壞事、四處威脅人的混混橫行霸道。

> **활개**：人從肩膀到手臂或臀部到腿部的側邊

練習題 10

[1-2] 다음 글을 읽고 물음에 답하십시오.
請閱讀下文並回答問題

> 대기업이 점점 동네 슈퍼나 빵집까지 장악하는 등 사업 분야를 확장하는 기세가 (㉠   ) 듯하다. 대형 마트가 들어선 곳의 주변 상인들은 차마 가게를 접지 못하고 있지만 거의 (㉡   ) 수준이라 유지하기가 여간 어려운 게 아니라고 말한다.

1 ㉠에 알맞은 말을 고르십시오.
請選出符合ㄱ的選項

① 하늘을 찌를   ② 턱걸이를 할
③ 허리띠를 졸라맬   ④ 팔짱을 끼고 보는

2 ㉡에 알맞은 말을 고르십시오.
請選出符合ㄴ的選項

① 햇빛을 보는   ② 활개를 치는
③ 파리만 날리는   ④ 혀를 내두르는

3 다음 밑줄 친 부분과 바꿔 쓸 수 있는 표현을 고르십시오.
請選出可替換底線部分的選項

> 공들여 만든 제품이 드디어 첫 출시를 하게 되었다.

① 환심을 사게   ② 햇빛을 보게
③ 팔짱을 끼고 보게   ④ 팔소매를 걷어붙이게

[4-5] 다음 보기를 참고하여 물음에 답하십시오.

請參考下列範例並回答問題

보기 範例
턱걸이를 하다 　　　　파리만 날리다 　　　　판에 박은 듯하다
한술 더 뜨다 　　　　　팔짱을 끼고 보다 　　　풀이 죽다
하늘을 찌르다 　　　　한눈을 팔다 　　　　　팔소매를 걷어붙이다
햇빛을 보다 　　　　　혀를 내두르다 　　　　허리띠를 졸라매다
환심을 사다 　　　　　활개를 치다 　　　　　혀를 차다

4 빈 칸에 알맞은 말을 보기에서 골라 쓰십시오.

請將適當的用法填入空格中

① 꾸중을 들은 아이들은 _____ 얌전히 앉아 있다.

② 잠시 _____ 사이에 냄비에 찌개가 끓어 넘쳤다.

③ 나는 점수가 낮아서 겨우 _____ 대학에 입학했다.

④ 그 녀석은 물건을 훔치더니 _____ 거짓말까지 했다.

⑤ 좋아하는 여자의 _____ 위해 꽃다발과 편지를 보냈다.

5 제시된 말과 어울리는 표현을 보기에서 골라 쓰십시오.

請寫出符合下列單字的表達

① 똑같다 : _____

② 나서다 : _____

③ 절약하다 : _____

④ 관망하다 : _____

解答

解答

練習題 01

1. ③   **2.** ①

3. ① 가슴을 치며

　　② 가닥을 잡고

　　③ 고개를 끄덕인다

　　④ 고개를 갸웃거리고

　　⑤ 고개가 수그러진다

4. ① 가물에 콩 나듯 하다

　　② 가슴이 찢어지다

　　③ 갈피를 못 잡다

　　④ 가슴을 쓸어내리다

　　⑤ 가슴이 뜨끔하다

練習題 02

1. ②   **2.** ③   **3.** ①

4. ① 기세를 떨치고

　　② 골탕을 먹고

　　③ 기가 차서(막혀서)

　　④ 귀를 기울이지

　　⑤ 기치를 내걸고

5. ① 고배를 마시다

　　② 골치를 썩다

　　③ 기가 막히다(차다)

　　④ 기승을 부리다

練習題 03

1. ④   **2.** ③   **3.** ④

4. ① 눈치 빠르게

　　② 넋이 빠져서

　　③ 꼬리를 밟히고

　　④ 눈에 불을 켜고

　　⑤ 난다 긴다 하는

5. ① 꼬리를 물다

　　② 눈독을 들이다

　　③ 눈을 붙이다

　　④ 눈 밖에 나다

練習題 04

1. ①   **2.** ①   **3.** ③

4. ① 말꼬리를 흐리며

　　② 된서리를 맞은

　　③ 머리를 맞대고

　　④ 머리를 숙이며

　　⑤ 맥을 놓고

5. ① 눈코 뜰 사이(새) 없다

　　② 다리를 놓다

③ 머리를 식히다

④ 등을 돌리다

練習題 05

1. ②   2. ①   3. ④

4. ① 무게를 더하고

   ② 몸 둘 바를 몰라

   ③ 머리를 흔들며

   ④ 바람을 일으키며

   ⑤ 목을 축이고

5. ① 발등에 불이 떨어지다

   ② 머리를 쥐어짜다

   ③ 바가지를 긁다

   ④ 발등을 찍히다

練習題 06

1. ②   2. ①   3. ①

4. ① 세상 모르게

   ② 손때가 묻은

   ③ 발이 넓어서

   ④ 발 벗고 나서

   ⑤ 발목을 잡히는

5. ① 불 보듯 훤하다

   ② 비행기를 태우다

   ③ 변덕이 죽 끓듯 하다

   ④ 손사래를 치다

練習題 07

1. ④   2. ④   3. ③

4. ① 손이 빨라서

   ② 손을 벌리기

   ③ 쌍벽을 이루지만

   ④ 시치미를 떼는

   ⑤ 손에 잡히지

5. ① 손에 익다

   ② 손에 땀을 쥐다

   ③ 손을 씻다

   ④ 숨이 트이다

練習題 08

1. ④   2. ②   3. ①

4. ① 입을 맞추고

   ② 입을 대지

   ③ 입에 풀칠하기도

   ④ 어찌할 수 없이

   ⑤ 엄두를 못 낸다

5. ① 어깨를 으쓱거리다

   ② 으름장을 놓다

   ③ 얼굴이 두껍다

   ④ 어깨가 무겁다

1. ③   2. ①   3. ②

4. ① 찬물을 끼얹은

  ② 자리를 잡고

  ③ 진이 빠지는

  ④ 콧대가 높은

  ⑤ 첫발을 떼는

5. ① 입이 귀에 걸리다

  ② 코웃음을 치다

  ③ 줄행랑을 놓다[치다]

  ④ 입이 (딱) 벌어지다

1. ①   2. ③   3. ②

4. ① 풀이 죽어서

  ② 한눈을 판

  ③ 턱걸이를 해서

  ④ 한술 더 떠서

  ⑤ 환심을 사기

5. ① 판에 박은 듯하다

  ② 팔소매를 걷어붙이다

  ③ 허리띠를 졸라매다

  ④ 팔짱을 끼고 보다

活用篇─更多例句

🎧 11

가닥을 잡다 : 根據邏輯或道理掌握氣氛、狀況、思維等。

• 무슨 일이든 시작할 때 가닥을 잡고 해야 수월하다.

　不論做什麼事，都要在開始時釐清脈絡才能順利進行。

• 회사가 더 어려워지기 전에 사업을 접는 쪽으로 가닥을 잡았다.

　我們決定在公司狀況變得更困難前，收手這筆生意。

• 박 후보는 사퇴하는 방향으로 사실상 가닥을 잡은 것으로 알려졌다.

　據傳朴候選人其實已經決定退選。

• 그는 자신의 잘못을 숨기고 모두를 속이는 쪽으로 생각의 가닥을 잡았다.

　他打算隱瞞自己的錯誤，欺騙所有人。

• 우리 회사의 주력 상품이었던 학용품은 이제 수요가 적어서 사무용품 쪽으로 가닥을
잡고 있다.

　我們公司主打的學生文具現因需求下降，所以決定轉往辦公室用品發展。

가물에 콩 나듯 하다 : 偶爾才會少量出現的事物。

• 이 물고기는 가물에 콩 나듯 잡히는 귀한 어종이다.

　這是十分難被釣到的珍貴魚種。

• 이 학교에는 가물에 콩 나듯 공부를 잘하는 학생이 입학했다.

　這間學校難得來了一個很會讀書的學生。

• 형은 늘 집에서 빈둥대다가 가물에 콩 나듯 돈을 벌어다 주었다.

　哥哥成天在家遊手好閒，卻百年難得一見地賺錢回家了。

- 시골 구멍가게에 큰 매출을 올려 주는 손님은 가물에 콩 나듯 오는 것이고 대부분은 담배 손님이었다.

  鄉下雜貨店很難會有大量提升銷售的顧客上門，大部分都是買香菸的客人。

- 우리 부모님은 좀처럼 큰소리를 내지 않는 성격이라서 화를 내는 일은 가물에 콩 나듯 일어나는 사건이다.

  我父母的個性幾乎不會大聲說話，所以他們生氣是非常難得的事。

가슴을 쓸어내리다 : 安心的意思。

- 계단에서 발을 헛디디는 순간 난간을 잡고 가슴을 쓸어내렸다.

  在樓梯踩空的瞬間抓住了欄杆，讓我鬆了一口氣。

- 몇 달째 연락이 되지 않던 친구에게 전화가 와서 가슴을 쓸어내리게 되었다.

  好幾個月聯絡不上的朋友打給我，才讓我放心。

- 갑자기 내 차 앞으로 뛰어든 아이를 보고 놀란 가슴을 쓸어내리며 천천히 운전했다.

  突然有小孩跑到我車子前面，我平復驚嚇的心情後慢慢地駕駛。

- 그녀는 사고 구조자 명단에서 남편의 이름을 발견하고 가슴을 쓸어내리며 병원으로 달려갔다.

  她在事故救援名單上發現丈夫的名字才安心並趕往醫院。

- 무서운 영화에서 귀신이 튀어나오자 사람들은 가슴을 쓸어내리면서도 잔뜩 긴장한 채 관람했다.

  恐怖片裡的鬼衝出來之後，大家雖鬆了一口氣卻還是緊張地觀賞電影。

가슴을 치다 : 心理受到很大的衝擊。

- 나는 그때의 선택을 가슴을 치며 후회하고 있다.

  我對當時的選擇十分痛心並後悔。

- 위대한 예술작품을 보면 가슴을 치는 감동을 느낀다.
  看見偉大的藝術作品總會有撼動人心的感動。

- 선생님의 모진 말은 나의 가슴을 치며 눈물을 흘리게 만들었다.
  老師說的重話重創了我的心並讓我留下眼淚。

- 소중한 사람을 먼저 떠나보내는 일은 정말 가슴을 치게 만드는 경험이었다.
  送走珍愛的人真是個令人痛心疾首的經驗。

- 할머니는 삼촌이 돌아가신 지 십 년이 지난 지금도 가슴을 치며 아들을 그리워하신다.
  即便是叔叔已過世十年的此刻，奶奶仍十分心痛並想念兒子。

가슴이 뜨끔하다 : 因受到刺激而驚嚇或受到良心譴責。

- 나는 가슴이 뜨끔했지만 아무렇지 않은 척했다.
  雖然我內心感到驚訝，但裝作若無其事。

- 몰래 다른 여자를 만나고 있는데 여자 친구에게 전화가 와서 가슴이 뜨끔했다.
  我正偷偷和其他女生見面，女友突然打電話來讓我嚇了一跳。

- 선생님께서 숙제를 하지 않은 사람은 일어나라고 하셔서 가슴이 뜨끔하고 식은땀이 났다.
  老師要沒寫作業的人站起來，害我內心一驚並開始流冷汗。

- 용의자로 체포된 남자는 사람들이 비난하는 소리를 듣고도 가슴이 뜨끔하지 않은지 태연한 표정이다.
  以嫌犯遭逮捕的男子即使聽見人們的責難好像也無關緊要，一副泰然自若的表情。

- 동생은 내 옷을 입고 나갔다 와서는 나와 눈이 마주치자마자 가슴이 뜨끔해서 먼저 미안하다고 말했다.
  弟弟穿了我的衣服出門，回家時一和我對到眼，便因心虛而先開口道歉。

가슴이 벅차다 : 充滿感激、喜悅、希望等情緒，幾乎滿溢而出。

- 시험에 합격했다는 소식을 듣고 가슴이 벅차서 잠을 못 잤다.
  得知考試合格的消息讓我興奮地睡不著覺。

- 이산가족들은 서로를 끌어안으며 가슴이 벅찬 기쁨의 눈물을 흘렸다.
  離散家族互相擁抱，流下激動喜悅的眼淚。

- 나는 아들의 국가 대표 발탁 소식에 너무나 감격스러워 가슴이 벅찼다.
  我聽見兒子被選為國家代表選手，感到激動又澎湃。

- 세계 대회에서 우리나라 선수들이 우승을 하는 모습을 보며 가슴이 벅차올랐다.
  在世界大賽看見我國選手拿下優勝的樣子，令我十分激動。

- 마냥 어린아이 같았던 딸의 결혼식 날 그동안의 추억이 떠올라 가슴이 벅차 눈물이 났다.
  一直像孩子般的女兒結婚的那天，我腦中浮現過去的回憶，百感交集留下了眼淚。

가슴이 찢어지다 : 因悲傷或憤怒而感到心撕裂般的痛苦。

- 자식을 잃은 부모는 가슴이 찢어진다.
  父母失去兒女簡直心如刀割。

- 부모님이 돌아가셨을 때 나는 가슴이 찢어지는 슬픔을 느꼈다.
  父母過世時，我感受到撕心裂肺的悲痛。

- 하루아침에 가족과 헤어져서 가슴이 찢어지는 듯한 기분이 들었다.
  突然之間與家族分離，讓我感到心痛。

- 할머니가 물려주신 반지를 잃어버리고 가슴이 찢어지는 기분이었다.
  弄丟奶奶留給我的戒指，讓我感到心痛。

- 아픈 아이를 보며 부모님들은 가슴이 찢어지는 고통을 견뎌야 했다.
  父母看見生病的孩子，必須忍受揪心的痛苦。

각광을 받다 : 受到許多人的關注。

- 김치, 불고기 등 한국 음식이 세계에서 각광을 받고 있다.
  泡菜、烤肉等韓國料理正受到全世界的關注。

- 작은 사이즈의 휴대용 호신기가 여성들 사이에서 각광을 받고 있다.
  小尺寸的攜帶式護身用品在女性之間受到青睞。

- 해외 사이트에서 직접 물건을 주문하는 구매 방법이 각광을 받고 있다.
  直接從國外網站下訂單的購買方式備受關注。

- 쓸데없는 야근을 줄이고 정시에 퇴근하자는 주장이 직장인들 사이에서 각광을 받고 있다.
  減少不必要的加班、準時下班的主張為上班族所關注。

- 환경을 오염시키더라도 돈을 많이 벌 수 있는 효율적인 산업이 크게 각광 받던 시절이 있었다.
  即便汙染環境也要賺錢的高效率產業曾受到一時的矚目。

갈피를 못 잡다 : 事情或內容糾結在一起，不知道會如何發展。

- 앞으로 내용이 어떻게 전개되어 나갈지 전혀 갈피를 잡을 수 없다.
  之後的故事會如何發展，我完全抓不到頭緒。

- 아이들이 치는 장난은 무슨 생각으로 하는 것인지 갈피를 못 잡겠다.
  我完全搞不懂孩子們為何要開這種玩笑。

- 학생들은 갑작스러운 대피 방송에 갈피를 잡지 못하고 허둥대고 있다.
  聽見突如其來的逃難廣播，學生們全都不知所措。

- 태도가 자꾸만 달라지는 사람을 어떻게 대해야 할지 갈피를 못 잡겠다.
  我完全不知道該如何應對那些態度善變的人。

- 부장님이 신입 사원에게 일을 시켰는데 갈피를 못 잡고 허둥대고 있다.

  部長指示新進員工做事，而他卻不知所措、慌亂的樣子。

고개가 수그러지다 : 產生尊敬的心。

- 사장님의 칭찬을 듣고 부끄러워서 고개가 수그러졌다.

  聽見社長的稱讚，讓我害羞得抬不起頭來。

- 아이들은 잘못한 줄은 아는지 고개가 수그러져서는 벌을 서고 있다.

  孩子們貌似知錯的樣子，低著頭在罰站。

- 100살이 넘은 할아버지를 뵙게 되자 나도 모르게 고개가 수그러졌다.

  一見到年過百歲的爺爺，令人不自覺肅然起敬。

- 내가 야단을 치자 아들의 고개가 푹 수그러지며 풀이 죽는 게 보였다.

  我一開始罵人，兒子便低下頭，一副沮喪的樣子。

- 나라를 위해 힘쓰다 돌아가신 분들의 영상을 보고 고개가 수그러졌다.

  看了那些為國家犧牲的人們的紀錄影片，讓我肅然起敬。

고개를 갸웃거리다 : 歪頭表示不相信或懷疑。

- 박 대리는 궁금한 것이 생겼는지 고개를 갸웃거리며 다가왔다.

  朴代理歪著頭走過來，不知道在好奇什麼。

- 강아지에게 계속 앉으라고 말해도 서서 고개를 갸웃거리고 있다.

  即便我一直叫狗狗坐下，牠仍站著對我歪頭。

- 도대체 새는 언제 잠을 자는 것일까 하고 고개를 갸웃거리게 된다.

  我在思考鳥究竟都何時睡覺，便不自覺地歪著頭。

- 친구가 전화를 받으면서 고개를 갸웃거리며 종이에 무언가를 적고 있다.

  朋友一邊聽電話一邊歪著頭，並在紙上寫了些什麼。

• 학생들은 선생님의 수업이 어려운지 연신 고개를 갸웃거리며 듣고 있다.

學生好像覺得老師的課程內容很難，聽課時不斷歪著頭。

고개를 끄덕이다 : 點頭表達贊同或喜歡。

• 낯선 곳에 온 아이들은 집에 가고 싶냐는 말에 고개를 끄덕였다.

來到陌生地方的孩子聽見有人問他是不是想回家便點點頭。

• 사람들은 나의 의견에 동의한다는 의미로 조용히 고개를 끄덕였다.

人們安靜地點點頭表示贊同我的意見。

• 여기에서 지하철을 갈아탈 수 있냐는 질문에 고개를 끄덕이며 그렇다고 했다.

有人問我這裡是否能轉乘地鐵，我點點頭告訴他「可以」。

• 앞에 서서 발표하다 보면 간혹 알아들었다는 듯이 고개를 끄덕이는 사람이 보인다.

站在前面報告時，偶爾會看見有人彷彿聽懂似地點點頭。

• 올해의 모범 학생으로 흐엉 씨가 뽑히자 다른 학생들은 모두 고개를 끄덕이며 미소 지었다.

聽見赫昂同學被選為年度模範生，其他學生都點頭露出微笑。

고배를 마시다 : 遭遇失敗，挫折等傷心事。

• 노래 대회에 나가서 두 번 연속 고배를 마시고 포기했다.

連續兩次參加唱歌比賽都落榜後便放棄了。

• 작년에는 고배를 마셨지만 올해는 꼭 합격할 거라고 믿는다.

雖然去年失敗了，但我相信今年一定會錄取。

• 이 후보는 지난 선거에서 고배를 마시고 이번에 다시 출마했다.

這位候選人在去年落選，今年又再次參選了。

- 서바이벌 프로그램에서 첫 번째 고배를 마실 도전자가 누구일지 추측하고 있다.

  大家都在猜測誰會是生存節目中第一位敗北的挑戰者。

- 탈락의 고배를 마셨지만 너무 실망하지 말고 열심히 준비했던 시간과 노력을 뿌듯하게 생각하려고 했다.

  雖然失敗了，但我決定不要過於失望，而是為認真準備的時間和努力感到充實。

골머리를 썩다：因為某件事而費盡心思或全神貫注。

- 자전거 도난 사건이 빈번하게 일어나 골머리를 썩고 있다.

  腳踏車竊盜案頻頻發生，令人傷透腦筋。

- 장애인 시설 건립이 주민들의 반대로 인해 골머리를 썩고 있다.

  建立無障礙設施一事遭居民反對，因此令人十分苦惱。

- 농가에서는 의외로 농작물을 파헤치는 야생동물 때문에 골머리를 썩는다고 한다.

  農家們意外地因為會挖掘作物的野生動物而傷透腦筋。

- 학교는 전면 금연 구역인데 외부인들이 들어와서 자꾸 꽁초를 버려서 골머리를 썩는다.

  學校為全面禁菸場所，卻一直有外部人士進入並亂丟菸蒂，令人傷透腦筋。

- 파워블로거라면서 무리한 요구를 하는 사람들 때문에 가게 주인들은 골머리를 썩고 있다.

  有些人自稱人氣部落客便做出無理的要求，讓店家十分苦惱。

골치가 아프다：不知道該如何是好，思考到令人頭疼。

- 초등학생 아이들의 숙제를 도와주느라 매일 골치가 아프다.

  為了幫忙國小的孩子們做作業，讓我每天都很頭痛。

- 아르바이트 월급이 들어오지 않아서 이번 달 생활비 걱정에 골치가 아프다.

  打工的薪水沒有入帳，讓我為了這個月的生活費而傷透腦筋。

- 친구 두 명이 다투는 바람에 내 입장이 난처해져서 생각하면 골치가 아프다.
  兩位朋友吵架讓我的立場十分尷尬，一想到就令人頭痛。

- 나와 남편은 신혼여행에 가서 골치 아픈 일은 잠시 잊고 즐거운 시간을 보내기로 했다.
  我和老公決定蜜月期間要暫時拋開令人煩惱的事，享受愉快的時光。

- 평소에 영어를 쓸 일이 별로 없었는데 회사 일 때문에 영어로 메일을 보내야 해서 골치가 아프다.
  平時不常使用英文，但工作上需要寄英文郵件，讓我很傷腦筋。

골탕을 먹다 : 一次就遇上極大的損害或出糗。

- 어릴 때는 하루가 멀다 하게 동생들에게 골탕을 먹었다.
  我小時候三天兩頭就被弟弟妹妹們折磨。

- 친구를 깜짝 놀라게 해서 골탕 먹이려고 문 뒤에 숨어 있었다.
  為了要整朋友讓他嚇一跳，所以我躲在門後面。

- 사람을 너무 잘 믿던 최 대리는 한번 크게 골탕을 먹고 정신을 차렸다.
  對人過於信任的崔代理在吃了一次大虧後才清醒。

- 우리는 상대 팀의 예상치 못한 공격에 골탕을 먹고 경기에서 크게 패했다.
  對手出乎意料的攻擊讓我們在苦戰後輸得一敗塗地 。

- 마당에 자주 놀러오던 고양이가 우리 집 개한테 물려 잔뜩 골탕을 먹고 달아나 버렸다.
  常常到院子裡玩的小貓被家裡的狗咬，吃盡苦頭後便飛也似地逃走了。

과언이 아니다 : 非誇大事實的話。

- 물이 곧 생명의 근원이라는 말은 결코 과언이 아니다.
  「水是生命的泉源」這句話並非虛言。

- 그녀의 행동이 한국의 이미지를 망쳤다는 말은 과언이 아니다.

  要說她的行為破壞了韓國的形象並不過分。

- 나무는 생활의 모든 분야에 사용되고 있다고 해도 과언이 아니다.

  就算說樹木被使用於生活的每個領域並非誇張的事實。

- 이력서 사진이 서류 전형에서 큰 당락을 결정하는 요소라고 해도 과언이 아니다.

  履歷上的照片為影響書審結果的極大因素並非言過其實。

- 짜임새 있는 내용, 음악, 그래픽이 결합된 게임은 종합예술이라고 해도 과언이 아니다.

  由結構完整的內容、音樂、圖像所構成的遊戲可說是一種綜合藝術也不過分。

귀가 솔깃하다 : 具有看起來不錯而引人注意的地方。

- 세일을 한다는 말에 귀가 솔깃해서 가게에 들어갔다.

  聽到在打折便感興趣地走進店裡。

- 가수를 시켜준다는 말에 귀가 솔깃해서 제작사에 무작정 따라갔다.

  聽見對方說要把我打造成歌手，我便臨時起意跟到製作公司去了。

- 동생은 용돈을 준다는 말에 귀가 솔깃했는지 내가 시키는 대로 했다.

  弟弟好像因為我說要給他零用錢，便照著我的吩咐去做了。

- 친구의 여동생이 예쁘다는 소문에 귀가 솔깃해서 친구네 집에 놀러갔다.

  我聽說朋友的妹妹很漂亮，於是就到他家去玩了。

- 남의 말에 귀가 솔깃해서 이랬다저랬다 하는 사람은 귀가 얇은 사람이다.

  容易被他人言語動搖的人，代表耳根子太軟。

귀를 기울이다 : 對別人的言語或意見表達關注。

- 우리 선생님은 언제나 학생들의 말에 귀를 기울이신다.
  我們老師總是認真傾聽學生的聲音。

- 가을밤에 조용히 귀를 기울여 보면 귀뚜라미 소리가 들린다.
  秋天晚上豎耳傾聽，便能聽見蟋蟀的聲響。

- 회사의 대표로서 직원들의 의견에 언제나 귀를 기울여야 한다.
  身為公司的代表必須隨時傾聽員工的意見。

- 자녀들의 말에 언제나 귀를 기울이는 아버지가 되겠다고 결심했다.
  我決心成為一個傾聽兒女心聲的父親。

- 어려운 일일수록 여러 사람의 말에 귀를 기울여 해결책을 찾는 것이 좋다.
  越困難的事，就越該傾聽多人的意見以尋找對策。

기가 막히다 : 非常無言以對。

- 뻔뻔하게 변명하는 모습에 기가 막혀서 말이 나오지 않는다.
  看他厚著臉皮強辯的樣子真讓人氣得說不出話來。

- 여기 음식이 그렇게 기가 막히다는 소문을 듣고 찾아왔습니다.
  聽說這裡的料理非常厲害，所以我們才慕名而來。

- 당당하게 무리한 요구를 하는 고객을 볼 때마다 기가 막힐 노릇이다.
  每次看見理直氣壯做出無理要求的客人總令人很無奈。

- 내 잘못이 아닌 것을 수습해야 해서 기가 막히는 상황이었지만 어쩔 수 없었다.
  並非我的錯卻要由我來收拾殘局，雖很無奈卻也沒別的辦法。

- 부모님은 얼마 전에 중국 여행을 다녀왔는데 산의 경치가 기가 막히게 멋있었다고 자랑하셨다.
  爸媽不久前到中國旅行，並且不斷地炫耀那裡的山景令人嘆為觀止。

기가 차다 : 太過荒唐而說不出話。

- 남편의 말실수에 기가 차서 화를 낼 수도 없었다.
  老公的口誤太過荒唐，讓我生不起氣來。

- 자기가 잘못해 놓고 남탓을 하는 모습에 기가 찼다.
  自己有錯在先卻責怪他人，真是荒謬。

- 후배의 굼뜬 행동을 보고 있자니 기가 차서 속이 터질 노릇이다.
  看著後輩慢吞吞的動作實在是令人氣炸了。

- 아무 일도 없었다는 듯 행동하는 모습이 기가 차서 인상을 찌푸렸다.
  看他一副裝沒事的樣子，氣得我眉頭深鎖。

- 그는 항상 자신에게 유리한 상황을 만드는데 기가 차서 허허 웃게 된다.
  他總是塑造對自己有利的狀況，我只能無奈地乾笑。

기세를 떨치다 : 宣揚自己氣勢壯大的樣子。

- 대기업에 반대하는 세력들이 기세를 떨치면서 여론이 나빠지고 있다.
  反對大企業的聲勢漸長，輿論也越趨劣勢。

- 추위가 기세를 떨치는 아침, 출근길 시민들 복장은 한층 더 두터워졌다.
  寒氣強盛的早晨，上班的人們穿起了更厚的衣裳。

- 매서운 겨울바람이 기세를 떨쳤고 추위를 이기지 못한 동물들이 죽어 나갔다.
  凜冽的冬風發威，敵不過寒氣的動物們一一死去。

- 그 나라는 전쟁에서 이기고 식민지를 세우는 등 한때 기세를 떨치던 역사를 가지고 있다.
  該國家在戰爭中獲勝、建立殖民地，曾有過一段國力強盛的歷史。

- 유세 기간 내내 진보당 후보들이 기세를 떨치는 듯 보였지만 선거 결과는 반대로 나타났다.

  雖進步黨在競選期間看似氣勢凌人，選舉結果卻完全相反。

기승을 부리다 : 氣勢或力量強大，不輕易示弱的意思。

- 개인정보 유출로 인해 스팸 메일이 기승을 부리고 있다.

  個資外流導致垃圾郵件猖獗。

- 전화를 통한 스미싱이라는 사기 수법이 기승을 부리고 있다.

  透過電話傳送的簡訊詐騙手法十分猖獗。

- 더위가 기승을 부리면 불쾌지수가 높아져 사람들이 짜증을 쉽게 낸다.

  熱氣發威，不適指數高漲，人們也容易感到不耐煩。

- 이상 고온 현상으로 날벌레들이 기승을 부리고 때아닌 꽃이 피고 있다.

  異常的高溫現象造成飛蟲肆虐，非當季的花也持續盛開。

- 봄철에는 미세한 먼지가 기승을 부려 외출을 자제하는 것이 좋다고 한다.

  春季的空氣粉塵嚴重，最好減少外出。

기치를 내걸다 : 為了特定目的而表達某種態度或立場。

- 우리 회사는 고객사랑 실천이라는 기치를 내걸고 있다.

  我們公司標榜友愛顧客。

- 학생들은 학생 인권 신장이라는 기치를 내걸고 시위하고 있다.

  學生們打著伸張學生人權的主張，進行抗議。

- 우리 팀은 혁신이라는 기치를 내걸고 새로운 사업에 몰두하고 있다.

  我們這一組以革新為價值，專注於新的事業。

- 경제 성장을 최우선 과제로 삼더라도 이제와서 새마을 운동이라는 기치를 내걸 필요는 없다.

  既然以經濟成長為最優先考量，就不需要現在才主張新村運動 的價值。

- 대기업들은 좋은 말로 포장한 기치를 내걸고 있지만 실상 윤리적이지 않은 경영을 하는 곳이 대부분이다.

  大企業雖表面上標榜正向的精神，其實多數都執行著不公義的經營方式。

(꼬리에) 꼬리를 물다 : 一直延續。

- 생각을 거듭할수록 부정적인 생각만 꼬리를 물고 일어났다.

  越是反覆思考，就越是接連浮現負面的想法。

- 과장님이 갑자기 사직서를 낸 것을 두고 나쁜 소문이 꼬리를 물었다.

  科長突然遞出辭呈，負面謠言也接二連三傳開。

- 책에 집중하다가도 그녀에 대한 생각들이 꼬리에 꼬리를 물기 시작했다.

  想專注在書本上，卻不斷想到她。

- 생각이 꼬리에 꼬리를 물 때 마음이 복잡해서 다른 일에 집중할 수 없다.

  思緒綿延不絕時，心情會十分複雜導致無法專注於其他事。

- 청와대 문건이 외부로 유출된 사건 때문에 파장이 꼬리를 물고 일어날 전망이다.

  青瓦臺文書外流的事件很可能造成餘波不斷。

꼬리를 밟히다 : 具被發現蹤跡。

- 용의자의 꼬리를 밟던 형사는 범죄자들의 모임 장소를 알게 되었다.

  追蹤犯人的刑警發現了罪犯們聚集的場所。

- 인터넷에 악성 댓글을 달던 대학생이 결국 꼬리를 밟히고 구속되었다.

  在網路上發表惡意留言的大學生終於被發現蹤跡並遭到收押。

- 나는 사장님 몰래 퇴사를 준비하다가 꼬리를 밟혀 난처한 상황에 처하게 되었다.

  我瞞著社長準備離職卻被發現，於是面臨了十分尷尬的狀況。

- 슈퍼에서 자꾸 도둑질을 하다가 꼬리를 밟힌 아이들은 눈물을 흘리며 용서를 빌었다.

  不斷在超市偷東西的孩子被逮到後便流著眼淚求饒。

- 우리는 시위를 계획하던 중 교수님들에게 꼬리를 밟히는 바람에 그만둘 수밖에 없었다.

  我們計畫示威的途中卻被教授們發現，於是只好作罷。

ㄴ 🎧 12

난다 긴다 하다 : 才能比他人突出。

- 전 세계에서 난다 긴다 하는 게이머들이 모여 대회를 열었다.

  全世界傑出的玩家們齊聚一堂展開了比賽。

- 이번 세미나에는 난다 긴다 하는 학자들이 모두 참석할 예정이다.

  預計所有傑出的學者都將出席這場研討會。

- 그녀는 국내에서 난다 긴다 하는 작곡가들이 좋아하는 가수로 뽑혔다.

  她被國內優秀的作曲家們選為最喜歡的歌手。

- 현상범을 잡기 위해서 난다 긴다 하는 전문가들이 모여 머리를 맞대고 방법을 논의했다.

  為了逮捕通緝犯，所有優秀的專家都聚在一起討論方法。

- 체육대회에서는 동네에서 나름대로 난다 긴다 하는 운동 선수들이 총출동하여 경쟁을 펼쳤다.

  社區動員了這一帶所有優秀的運動選手參與體育競賽，並展開競爭。

낯이 뜨겁다 : 因為害羞而無法面對他人。

- 엄마랑 영화를 보는데 낯이 뜨거운 장면이 나와서 민망했다.
  和媽媽一起看電影，卻出現令人害羞的場面，害我十分尷尬。

- 공공장소에서 다른 사람들의 낯이 뜨거워질 정도의 애정행각은 하지 말아야 한다.
  在公共場所不應該做出令人害臊的親密行為。

- 아저씨가 젊은 여자들에게 낯 뜨거운 말을 서슴지 않고 하는 통에 견디기 어려웠다.
  大叔不假思索地對年輕女子說出讓人害羞的話，讓人難以忍受。

- 버스에서 딸꾹질을 하던 아이는 나와 눈이 마주치자 낯이 뜨거운지 얼굴이 빨개졌다.
  在公車上打嗝的孩子一和我對到眼，便害羞得臉紅了。

- 한 남자 중학생이 낯이 뜨거운 음란 영상을 학교 친구들에게 배포한 사실이 밝혀졌다.
  一位男性國中生被發現將令人害臊的色情影片分享給同學。

넋이 빠지다 / 넋이 나가다 : 因為思考或受到衝擊而不能集中精神。

- 오랜만에 딸을 만난 아빠는 아이의 모습에 넋이 빠져 있다.
  許久未見到女兒的父親看著孩子失了魂。

- 아름답고 광활한 자연 풍경을 바라보며 넋이 빠질 것만 같았다.
  美麗遼闊的自然風景讓人不禁看得入迷。

- 엄마는 동생의 사고 소식을 듣고 넋이 빠진 듯 멍하니 서 있었다.
  媽媽聽見弟弟出事的消息，便失魂落魄地呆站著。

- 아이들에게 펭귄 캐릭터 만화를 틀어 주면 넋이 나가서 보곤 한다.
  給孩子們看企鵝卡通，他們都看得十分入迷。

- 사람들은 바이칼 호수를 보면 넋이 빠지는 광경에 입을 다물지 못한다.
  人們看見貝爾加湖都會被它驚人的景色給震懾。

눈독을 들이다 : 產生貪念而盯上。

- 이집트의 미이라는 많은 고고학자들이 눈독을 들이는 유물이다.
  埃及木乃伊是許多考古學家渴望擁有的文物。

- 강아지가 상 위에 있는 고기에 눈독을 들이며 침을 흘리고 있다.
  小狗直盯盯地看著桌上的肉流口水。

- 몇 달 전부터 눈독을 들이던 카메라를 드디어 살 수 있게 되었다.
  終於能買下幾個月前就看上眼的相機。

- 동생은 남의 것에 유독 눈독을 들이며 갖고 싶다고 떼를 쓰는 아이였다.
  弟弟小時候對別人的東西特別覬覦，會為了擁有那樣東西而耍賴。

- 김 감독은 다른 팀 선수에게 눈독을 들이며 영입할 계획을 세우고 있다.
  金教練看上了其他隊的選手，內心盤算著要挖角他。

눈 밖에 나다 : 失去信任並讓人討厭。

- 새로 입사한 사원이 실수를 많이 해서 부장님의 눈 밖에 나 버렸다.
  新進員工因為犯下太多錯誤，而失去部長的青睞。

- 단 한 번의 실수로 사장님의 눈 밖에 난 후로는 뭘 해도 미움을 받는다.
  因一次的失誤失去社長的信賴，之後不論做什麼都只會被嫌棄。

- 한 번 눈 밖에 나면 다음에 노력을 해도 좋은 인상으로 바꾸기가 어렵다.
  只要一讓人失去信賴，之後做再多努力也難以改變形象。

- 나는 전학 가자마자 반 아이들의 눈 밖에 나서 꽤 오랫동안 괴롭힘을 당했다.
  我才剛轉學就不被同學們喜歡，所以很長一段時間都被欺負。

- 기숙사에서 함께 방을 쓰는 언니들의 눈 밖에 나지 않도록 조심하며 지내고 있다.
  為了不被宿舍同房的姐姐們討厭，跟她們相處時我都非常小心。

눈살을 찌푸리다 : 表達心中不滿而皺起眉間。

- 지나치게 짧은 치마를 입은 아가씨를 보고 눈살을 찌푸렸다.
  看見裙子過短的小姐，讓人忍不住皺起眉頭。

- 쓰레기를 함부로 버려 놓은 광경에 나도 모르게 눈살을 찌푸렸다.
  看見有人亂丟垃圾，我也不自覺地皺起了眉頭。

- 어른들은 학생들의 버릇 없는 행동을 보며 눈살을 찌푸리곤 한다.
  長輩們看見學生無禮的行為，經常皺起眉頭。

- 대놓고 눈살을 찌푸려도 자기가 잘못한 줄을 모르는 사람들이 있다.
  即使我們當面板起臉，有些人還是察覺不到自己的錯誤。

- 부장님은 야한 농담을 즐기는데 모두 눈살을 찌푸리며 불만을 나타내도 소용이 없다.
  部長很愛說黃色笑話，即使我們板起臉孔表達不滿也沒用。

눈에 넣어도 아프지 않다 : 非常可愛，可愛到好像放進眼睛裡都不會痛。

- 한 살짜리 딸아이가 눈에 넣어도 아프지 않을 만큼 귀엽다.
  一歲的女兒可愛得令人忍不住疼愛。

- 요즘 내 딸을 보고 있으면 눈에 넣어도 아프지 않을 것 같다.
  最近怎麼看我女兒都覺得惹人憐愛。

- 눈에 넣어도 아프지 않을 자식을 잃은 부모의 심정은 상상할 수도 없다.
  無法想像父母失去摯愛兒女的心境。

- 손주가 하는 짓이 귀여워서 눈에 넣어도 아프지 않을 것 같은 기분이다.
  孫子的一舉一動不論怎麼看都覺得可愛。

- 주변에서 지금 우리 아기가 눈에 넣어도 아프지 않을 때라며 사진을 많이 찍어 두라고 말한다.
  身邊的人說現在是小孩子最惹人愛的時期，要我們多拍照紀錄。

눈에 불을 켜다 : 産生慾望或關注。

- 선착순으로 증정하는 선물을 받으려고 눈에 불을 켜고 달려갔다.
  為了獲得依序贈送的限量贈品，我眼神發亮地直奔過去。

- 마트에서 반짝 세일을 하자 아줌마들이 눈에 불을 켜고 달려들었다.
  超市一開始快閃特價，阿姨們便兩眼發光地衝了上去。

- 시험이 코앞으로 다가와서 학생들이 눈에 불을 켜고 공부하고 있다.
  考試近在眼前，學生們都目不轉睛地認真讀書。

- 선거의 공정성을 지키기 위해 시민 단체들이 눈에 불을 켜고 감시하고 있다.
  為了維護選舉的正當性，市民團體都睜大雙眼仔細監察。

- 아이가 아프다고 하자 아내는 몸에 좋은 음식 재료를 구하기 위해 눈에 불을 켜고 찾는다.
  一聽到孩子說不舒服，妻子便睜大雙眼，努力尋找對身體有益的食材。

눈을 붙이다 : 闔眼休息、睡覺。

- 피곤할 때 잠깐 눈을 붙이면 피로 회복에 도움이 된다.
  累的時候稍微閉眼休息，有助恢復精神。

- 과장님은 잠깐 눈을 붙이고 오겠다며 휴게실로 들어가셨다.
  科長說要去休息一下便往休息室走了。

- 피곤했는지 꾸벅꾸벅 조는 아이에게 잠깐 눈을 붙이게 했다.
  我把累得打瞌睡的孩子哄睡了。

- 너무 피곤할 때는 잠깐 눈을 붙이는 것만으로도 피로가 풀린다.
  過於疲累時，光是短暫閉眼休息就有助消除疲勞。

• 잠깐이라도 눈을 붙이고 싶은데 할 일이 많아서 그럴 수가 없다.

雖然很想閉眼休息一下，但要做的事實在太多了所以沒辦法。

눈치가 빠르다 : 能快速察覺他人的內心想法。

• 그는 언제나 상사의 기분을 살피고 눈치 빠르게 행동한다.

他隨時都注意著上司的心情，懂得察言觀色再行動。

• 그녀는 돌발 상황에서도 눈치 빠르게 대처하는 점이 대단하다.

她即使遇到突發狀況也能迅速依情況應對，真的非常了不起。

• 딸아이는 눈치가 빨라서 덜 혼나는 편인데 아들 녀석은 그렇지가 않다.

女兒懂得察言觀色因此不常被罵，但兒子就不是如此了。

• 눈치가 빠른 사람들은 다른 사람을 대할 때 기분 나쁘지 않게 행동할 줄 안다.

擅長察言觀色的人懂得在行動時不破壞他人的心情。

• 나는 눈치가 빠르지 않은 편이라 상황에 맞지 않는 말을 하다가 혼나기도 한다.

我比較不懂得看狀況，有時會因為說出不該說的話而被教訓。

눈코 뜰 사이[새] 없다 : 非常忙碌，令人無法專注精神。

• 눈코 뜰 새 없이 바빠서 며칠째 집에 들어가지도 못했다.

因為忙得不可開交，已經好幾天沒能回家了。

• 개업을 하고 한동안은 손님이 몰려서 눈코 뜰 새 없이 바쁘다.

開始營業後一度湧進許多客人，忙得我應接不暇。

• 4학년 학생들은 졸업 작품 전시회를 준비하느라 눈코 뜰 사이가 없다.

四年級學生為了準備畢業作品展，忙得不可開交。

• 행사 기간에는 손님이 많아서 눈코 뜰 사이 없이 바쁘게 움직여야 한다.

活動期間因客人較多，只能不得空閒持續奔波。

• 기분이 우울할 때는 할 일이 없는 것보다 차라리 눈코 뜰 사이 없이 바쁜 편이 낫다.

　覺得憂鬱時，與其閒著沒事做，不如讓自己忙得不可開交。

<table>
<tr><td>ㄷ</td><td>🎧 13</td></tr>
</table>

다리를 놓다 : 為了和對方攀關係，找其他人當橋樑。

• 그는 나와 남편 사이에서 다리를 놓아 준 고마운 사람이다.

　他是為我和丈夫牽線，令我們十分感激的人。

• 친해지고 싶은 사람이 있어서 다리를 놓아 달라고 부탁했다.

　因為有想要認識的人，所以我拜託人幫我牽線。

• 중매쟁이를 시켜서 두 집안 사이에 다리를 놓아 주기로 했다.

　我請媒人幫忙兩家人牽線。

• 노총각인 삼촌과 우리 회사 과장님 사이에 다리를 놓아 주었다.

　我幫無業遊民叔叔和公司的科長牽線。

• 잘 어울릴 것 같은 두 사람을 보니 다리를 놓아서 맺어 주고 싶다.

　我看兩人如此般配，真想撮合他們。

더할 나위 없이 : 沒辦法再做更多，或不需要再多做。

• 그 두 사람은 더할 나위 없이 잘 어울리는 한 쌍이다.

　他們倆是絕配的一對。

• 어제 봤던 뮤지컬은 더할 나위 없이 만족스러운 공연이었다.

　昨天看的音樂劇是場無可挑剔、令人滿意的表演。

• 우리는 10년 만에 가족 여행에 가서 더할 나위 없이 행복한 시간을 보냈다.

　我們家睽違十年一同出遊，度過了再幸福不過的時光。

- 남편의 승진과 아들의 대학 합격 소식이 동시에 들려와 나는 더할 나위 없이 기쁘다.

  同時收到丈夫升職和兒子錄取大學的消息，簡直是再開心不過了。

- 인간의 수명이 120세까지 연장될 수 있다는 사실은 더할 나위 없이 기쁜 소식임에 틀림없다.

  人類的壽命能延長到 120 歲無疑是最令人喜悅的消息了。

된서리를 맞다 : 遇到強力的災難或壓迫。

- 원자재 가격 폭등으로 세계 증시가 된서리를 맞았다.

  原物料暴漲重挫了世界證券市場。

- 휴가철을 맞은 해수욕장이 태풍으로 인해 된서리를 맞았다.

  海水浴場適逢連假，卻因颱風而遭殃。

- 단말기 유통법 시행으로 휴대폰 판매 대리점이 된서리를 맞았다.

  終端機流通法的施行使手機代銷商受到打擊。

- 국세청의 갑작스러운 세무 조사로 인해서 기업들이 된서리를 맞았다.

  國稅局臨時進行稅務調查使許多企業皆受打擊。

- 잘못된 행동을 한 연예인을 지지하는 발언을 했다가 된서리를 맞았다.

  因發表支持做錯事的藝人的言論而受到波及。

뒷짐 지다 : 彷彿事不關己，袖手旁觀。

- 불법 폐기물 소각 시설 고발에 환경청은 법을 핑계로 뒷짐 지고 있다.

  有人舉發非法廢氣燃燒設施，環保局卻以法條為由袖手旁觀。

- 문제를 해결해야 할 당사자가 뒷짐 지고 바라만 보고 있으니 답답하다.

  該解決問題的當事者卻袖手旁觀，讓人十分鬱悶。

- 내가 어려운 일을 당했을 때 네가 그저 뒷짐 지고 방관하던 것이 아직도 서운하다.

  你在我遭遇困難時袖手旁觀的事，到現在還是讓我很難過。

- 건강보험료의 불합리성에 대해 복지부는 뒷짐 지고 이렇다 할 조치를 취하지 않고 있다.

  面對健保費用不合理的問題，福利部僅是袖手旁觀，無後續處置。

- 관할 지역이 아니라는 이유로 폭행 사건을 뒷짐 지고 바라보던 경찰관들이 비난을 받았다.

  以非管轄區域為由對暴力案件袖手旁觀的警官們受到了責難。

등을 돌리다：排斥與原本志同道合的人或團體並斷絕往來。

- 수준이 낮은 공연을 한다면 관객이 등을 돌리고 말 것이다.

  若做出低水準的表演，終將被觀眾所離棄。

- 그의 패악스러운 행동거지에 가까운 사람들마저도 등을 돌렸다.

  他蠻橫的行為讓親近的人也棄他而去。

- 진행자들이 사건 사고를 일으키자 시청자들은 등을 돌리고 말았다.

  主持人一引起非議，觀眾便全棄他而去。

- 나의 가난했던 과거를 들추는 고향 사람들로부터 등을 돌리고 떠났다.

  我拋下那些揭穿我窮困過去的同鄉人士。

- 과장 광고는 언젠가 들통나게 되어 있고 소비자들은 등을 돌리기 마련이다.

  誇大不實的廣告總有一天會被拆穿，並遭到消費者的唾棄。

말꼬리를 흐리다 : 說話的句尾含糊不清。

- 성격이 소심한 아이가 늘 말꼬리를 흐리며 이야기한다.

  個性畏首畏尾的孩子說話的語尾總是含糊不清。

- 이야기를 할 때 말꼬리를 흐리면 자신감이 없어 보인다.

  說話時若句尾模糊不清會顯得沒有自信。

- 차장님은 언제나 말꼬리를 흐리며 이야기해서 알아듣기 힘들다.

  次長說話時結尾總含糊帶過，讓人很難聽懂。

- 남편은 회사 이야기를 하다가 말꼬리를 흐리며 멋쩍은 웃음을 지었다.

  丈夫談到公司的事便含含糊糊帶過，並露出尷尬的笑容。

- 큰 소리로 다그치는 나에게 아들은 말꼬리를 흐리며 눈물을 글썽거렸다.

  兒子說話含糊不清、淚眼汪汪地面對大聲催促的我。

맥을 놓다 : 緊張鬆懈後呆愣的樣子。

- 무서운 영화를 보고 나온 사람들의 표정이 맥을 놓은 것 같았다.

  人們看完恐怖片的表情好像是被嚇呆了。

- 우리 팀이 처참하게 패배하는 광경을 맥을 놓고 바라보고 있었다.

  我呆呆地看著我們隊伍悽慘落敗的樣子。

- 엄마는 처음으로 운전을 해서 시골에 다녀오더니 맥을 놓고 있었다.

  第一次自己開車去鄉下一趟讓媽媽累壞了。

- 동생을 책임져야 한다는 생각이 맥을 놓고 지내던 누나를 일어나게 만들었다.

  想到要扛起照顧弟弟的責任，才讓喪氣的姊姊振作起來。

• 우리는 잃어버린 강아지를 한참 찾다가 집에 돌아와서 다같이 맥을 놓고 앉아 있었다.
我們在外面尋找走丟的小狗很久，一回到家全都無力地呆坐著。

맥이 빠지다 : 失去精神或力氣。

• 응원하던 팀이 역전패를 당하자 관중들은 맥이 빠져서 주저앉아 버렸다.
支持的隊伍遭到逆轉勝，觀眾們全都洩氣地癱坐著。

• 학생들한테 열심히 설명해 줬는데 하나도 알아듣지 못하면 맥이 빠진다.
努力地向學生解釋了，若他們完全聽不懂，會讓人十分無力。

• 오늘도 까다로운 고객들을 상대할 생각을 하니 출근하기 전부터 맥이 빠진다.
一想到今天也要面對許多無理的客人，讓人從上班前就毫無幹勁。

• 50군데 넘는 회사에 이력서를 보냈는데 아무데서도 연락이 오지 않아 점점 맥이 빠지는 기분이다.
我投了超過五十家公司的履歷卻未收到任何回覆，讓我越來越無力。

• 친구와 다투고 나서 어떻게 사과해야 할지 밤새 고민했는데 너무나 태연한 친구의 모습에 맥이 빠졌다.
和朋友吵架之後，我徹夜都在思考該如何道歉，但朋友毫不在意的樣子讓我十分無力。

머리를 맞대다 : 為了討論並決定某件事而聚首。

• 문제가 발생해서 직원들이 머리를 맞대고 대책을 논의했다.
發生問題後，員工們便聚在一起討論對策。

• 머리를 맞대고 생각하면 좋을 것 같아서 사람들을 불러 모았다.
我想大家一起討論會比較好，便把人都叫來了。

- 그 문제는 여럿이서 머리를 맞대면 쉽게 해결할 수 있는 일이다.

  這件事透過大家一起討論便能輕易解決。

- 비슷한 아이들끼리 머리를 맞대 봐야 특별한 해결책이 나오지 않는다.

  想法相近的孩子們聚在一起也討論不出特別的方法。

- 이사 계획을 세우느라 가족들이 머리를 맞대고 고민해 봤지만 뾰족한 수가 나오지 않았다.

  家人們聚在一起討論搬家的計畫，卻怎麼也想不出好方法。

머리를 숙이다 : 內心十分佩服或表達敬意。

- 공로상을 수상한 분에게 모두 머리를 숙이며 인사를 한다.

  所有人都對獲頒成就獎的受獎者鞠躬致意。

- 많은 조문객들이 유가족에게 머리를 숙이며 애도를 표한다.

  前來弔唁的人都向遺屬鞠躬表達哀悼之意。

- 대통령이 입장하자 모여 있던 사람들이 고개를 숙이며 인사했다.

  總統一入場，在場的人便向他鞠躬致意。

- 학생들은 교수님의 방에 들어가서 머리를 숙이고 인사부터 드렸다.

  學生們進入教授的辦公室後，首先向教授打招呼行禮。

- 오만방자하기로 소문난 김 사장은 누구에게도 머리를 숙이지 않는다.

  以傲慢無禮出名的金社長從不向任何人低頭。

머리를 식히다 : 讓頭腦冷靜、沉澱心情。

- 일을 하다가 머리를 식히러 잠깐 바깥으로 나갔다.

  工作途中為了讓腦袋冷靜下來而走到外頭。

- 아무리 일정이 바쁘더라도 머리를 식힐 시간은 필요하다.

  就算工作再忙，還是需要讓腦袋放空的時間。

- 머리를 식히려고 게임을 하다가 오히려 더 골치가 아파지는 경우가 있다.

  有時為了讓腦袋休息而去玩遊戲，卻反而更令人頭疼。

- 학교 끝나고 머리 식힐 틈도 없이 학원을 다니다가 공부에 질려버리는 아이들이 많다.

  很多小孩一放學就直奔補習班，連片刻喘息的時間都沒有，到後來變得很厭倦讀書。

- 도서관에서 공부하다가 머리를 식히고 오겠다며 나가서 들어오지 않는 학생들이 종종 있다.

  有些學生在圖書館念書到一半，說要出去讓腦袋放空就沒再回來了。

머리를 쥐어짜다 : 絞盡腦汁、深思熟慮。

- 오랜만에 만난 동창의 이름이 기억나지 않아 머리를 쥐어짜고 있다.

  我想不起許久未見的同學姓名，正在絞盡腦汁思考當中。

- 예고도 없이 대량 주문이 들어와서 아침부터 머리를 쥐어짜고 있다.

  因為突然湧進大量的訂單，讓我一大早就在傷腦筋。

- 어릴 적 좋아하던 만화영화의 내용을 기억해 보려고 머리를 쥐어짰다.

  我正努力地回憶以前喜歡的卡通情節。

- 다음 수업 시간에 자유 주제로 발표하라고 해서 이틀 내내 머리를 쥐어짜고 있다.

  下次上課要進行自由主題報告，所以這兩天都絞盡腦汁地在思考。

- 그는 별로 칭찬할 것도 없는 상사에게 최대한 머리를 쥐어짜 내서 아부를 하는 것 같다.

  他正絞盡腦汁思考如何奉承那個毫無優點可言的上司。

머리를 흔들다 : 表示強烈否定或厭惡。

- 포수의 사인을 보고 투수는 머리를 흔들었다.

  看見捕手的暗號後，投手搖了搖頭。

- 아내는 아이가 잘못했을 때마다 절레절레 머리를 흔든다.

  每次孩子犯錯時，妻子都會搖搖頭。

- 부장님은 나의 보고서를 읽더니 머리를 흔들며 한숨을 쉬셨다.

  部長看了我的報表之後，搖搖頭並嘆了一口氣。

- 여자 친구는 머리를 흔들면서 날카로운 목소리로 나를 질책했다.

  女友搖搖頭並用尖銳的聲音斥責我。

- 전쟁에서 패했다는 소식을 들은 왕은 눈을 감고 머리를 흔들었다.

  國王聽見戰敗的消息閉上眼睛搖了搖頭。

목을 축이다 : 因口渴而喝水、潤喉。

- 등산을 하면서 목을 축이길 원했지만 물을 구할 수 없었다.

  爬山時想要解渴卻找不到水。

- 강단에 선 김 교수님은 목을 축이기 위해 물을 한 모금 마셨다.

  站上講台的金教授為了潤喉而喝了一口水。

- 운동을 하다가 목을 축일 때 너무 찬 물을 마시는 것은 좋지 않다.

  運動過程中想解渴時，最好不要喝太冰的水。

- 강의하는 사람이 목을 축일 수 있도록 강단에 생수를 준비해 놓았다.

  為了讓講課的人能潤喉，於是在講台上放了開水。

- 사장님은 송년회 인사를 하다가 잠시 목을 축이고 다시 말을 시작했다.

  社長在忘年會致詞時，稍微喝了口水才繼續發言。

몸 둘 바를 모르다 : 不知該如何是好，不知所措。

• 시어머니의 칭찬에 나는 몸 둘 바를 몰라 하며 얼굴을 붉혔다.
　婆婆的稱讚讓我不知所措地紅了臉。

• 여행지에서 너무 과분한 대접을 받게 되어서 몸 둘 바를 모르겠다.
　在旅行的地方受到過度的禮遇讓我不知所措。

• 그녀는 사람들의 시선에 몸 둘 바를 몰라 하며 어정쩡하게 서 있다.
　人們的目光令她無地自容、坐立難安。

• 상품의 하자에 대해 따져 묻자 관계자는 몸 둘 바를 몰라 하며 사과했다.
　一追究起商品的瑕疵，工作人員便不知所措地道了歉。

• 사람들이 칭찬을 해 주면 고맙기도 하고 민망하기도 해서 몸 둘 바를 모르겠다.
　雖然很感謝人們對我的稱讚，卻也有些尷尬，讓我不知如何應對。

몸을 사리다 : 對某件事有所保留，不積極挺身而出。

• 그는 어려운 이웃을 만나면 몸을 사리지 않고 적극적으로 도와주었다.
　他若遇見有困難的鄰居都會積極挺身幫助。

• 이 영화에서 몸을 사리지 않는 배우들의 열연은 두고두고 회자되었다.
　演員們在戲中奮不顧身的演技造就了膾炙人口的電影。

• 정치인들은 사회적으로 민감한 부분에 대해서는 몸을 사리며 말을 아낀다.
　政治人物們對於社會敏感議題的發言皆有所保留。

• 야구 시즌 초반에는 부상을 방지하기 위해 몸을 사리며 경기를 하는 선수들이 많다.
　有許多選手會為了預防受傷而在上半季保留實力。

• 선수들은 큰 경기를 앞두고 과도한 훈련을 자제하는 등 몸을 사리며 체력을 비축한다.
　選手在大型比賽前會避免過度訓練等等，以保留並儲備體力。

무게를 더하다 : 增加事物的價值或重要性。

- 우리의 가설에 무게를 더하는 실험 결과가 발표되었다.
  發表了能加強我們假說可信度的實驗結果。

- 부자연스럽게 불이 옮겨 붙은 흔적이 방화 가능성에 무게를 더하고 있다.
  不自然的火源移動痕跡提高了縱火的可能性。

- 다음 경기를 마지막으로 그 선수가 은퇴할 거라는 소문에 무게가 더해지고 있다.
  該選手將在下一場比賽後引退的傳聞可信度越來越高了。

- 모 항공사 사건은 지도층의 도덕적 해이가 심각하다는 주장에 무게를 더하는 것이다.
  某航空公司的事件加重了公司高層道德嚴重低落的主張。

- 다른 행성에서 물의 흔적이 발견되었다는 사실은 외계 생명체가 존재할 수 있다는 가
  설에 무게를 더한다.
  在其他行星發現水的痕跡提高了宇宙生命體存在的可能性。

물불을 가리지 않다 : 不考慮危險或困難因素，執意行動。

- 동생은 돈을 버는 일이라면 물불을 가리지 않고 뛰어든다.
  只要是能賺錢，弟弟便不顧一切地往前衝。

- 자식 교육을 위해 물불을 가리지 않고 무엇이든 해 보는 엄마들이 있다.
  有些母親為了孩子的教育會不惜嘗試一切方法。

- 성공하기 위해서는 목적을 달성하기 위해 물불을 가리지 않는 근성이 필요하다.
  若想成功就需要有奮不顧身達成目的的毅力。

- 오늘날 사람들은 혼자만 잘 살려는 욕심을 채우기 위해 물불을 가리지 않고 있다.
  現代人們不問是非，只顧滿足個人過好生活的慾望

- 개츠비는 사랑하는 여자의 마음을 얻기 위해 물불을 가리지 않는 캐릭터로 그려진다.
  蓋茨比被描述成一個不顧一切只為獲得深愛女人芳心的角色。

바가지를 긁다 : 妻子對丈夫抱怨因生活困難而產生的不滿。

• 김 대리는 자기 부인이 신혼 초부터 바가지를 긁는다며 불평을 했다.
  金代理抱怨自己的妻子從新婚時期就開始嘮叨。

• 나는 결혼하고 나서 절대 남편에게 바가지를 긁지 않겠다고 약속했다.
  我答應丈夫結婚後絕不對他碎碎念。

• 마누라 바가지 긁는 소리가 듣기 싫어 일요일 아침 일찍부터 집에서 나왔다.
  他不想聽妻子發牢騷，於是星期天一早便出門了。

• 요즘 돈을 못 벌어다 주니까 점점 아내의 바가지 긁는 정도가 심해지고 있다.
  最近沒有拿錢回家，妻子的埋怨就越發嚴重了。

• 그녀는 남자 친구가 생기면 늘 바가지를 긁는 습관이 있어서 오래 사귀지 못하고 헤어졌다.
  她一有男朋友就忍不住發牢騷的習慣，所以都沒辦法長久交往。

바람을 일으키다 : 引領風潮。

• 통기타 가수들이 어르신들 사이에서 다시금 바람을 일으키고 있다.
  木吉他歌手們在長輩之間再次引起了風潮。

• 인천의 한 후보는 평화와 진보의 바람을 일으키겠다며 포부를 밝혔다.
  仁川某位候選人展現了要帶起和平與進步風潮的抱負。

• 처음으로 자기 주도적 학습이 소개되었을 때 교육계에 신선한 바람을 일으켰다.
  自主學習初次傳入時，在教育界引起了一股新鮮的熱潮。

• 남미에 진출한 한국 제품이 저렴한 가격과 우수한 품질로 바람을 일으키고 있다.
  打進南美市場的韓國商品靠著低廉的價格與優異的品質引起了熱潮。

• 음악상을 받은 작곡가는 국내 음악계에 새로운 바람을 일으키겠다며 수상 소감을 발표했다.

獲頒音樂獎項的作曲家在得獎感言中表示，要在國內音樂界引起全新的風潮。

박차를 가하다 : 為了推動某件事而出力。

• 연구팀에서는 산업용 로봇의 개발 속도에 박차를 가했다.

研究團隊加快了產業用機器人的開發速度。

• 교육부는 학교폭력 근절에 박차를 가할 것이라고 발표했다.

教育部表示會加快腳步根除校園暴力。

• 공학자들은 삶의 질을 개선하기 위한 기술 개발에 박차를 가하고 있다.

工業學家正努力加速開發能改善生活品質的技術。

• 알제리에서는 건설 경기 호황에 따라 시멘트 생산에 박차를 가하고 있다.

隨著阿爾及利亞的建築業景氣的提升，加緊了水泥的生產。

• 해외에서 한국 드라마의 인기가 높아 제작사들은 드라마 수출에 박차를 가하고 있다.

韓劇在海外的人氣非常高，因此製作公司也積極出口韓劇。

발등에 불이 떨어지다 : 事情非常急迫。

• 김 팀장은 발등에 불이 떨어져서 정신이 없는지 점심도 거른 모양이다.

金組長好像是急得火燒屁股了，連午餐都沒有吃。

• 해외직구 이용자가 크게 증가하여 국내 유통사는 발등에 불이 떨어졌다.

直接使用國外網站的消費者大幅增加，讓國內流通業者十分著急。

• 발등에 불이 떨어져야 일하는 버릇 때문에 일을 제때 못 끝낼 때가 많다.

事到臨頭才開始動作的習慣常讓我無法準時完工。

- 어떤 작가들은 마감을 앞두고 발등에 불이 떨어져야 글이 잘 써진다고 한다.

  據說有些作家要瀕臨截稿日才有辦法好好寫文章。

- 단어가 외어지지 않아서 고민이었는데 시험 전날 발등에 불이 떨어지니까 빨리 외워져서 신기했다.

  記不住單字這件事一直很困擾我，但到考試前一天被逼急後便很快就背了起來，讓我感到十分神奇。

발등을 찍히다 : 被他人背叛。

- 믿는 도끼에 발등 찍힌다는 말은 사람들이 자주 쓰는 표현이다.

  「過河拆橋」是人們常使用的成語。

- 정말 친하다고 생각했던 친구에게 발등을 찍혀서 마음이 아프다.

  被自認非常親近的朋友背叛令我非常難過。

- 부탁을 들어주면서도 왠지 발등을 찍힐 것 같다는 생각이 들었다.

  我答應了他的請求，卻又有種會被反將一軍的感覺。

- 친한 동생에게 발등을 찍혔던 경험 때문에 사람을 믿지 못하게 되었다.

  被親近的後輩背叛的經驗讓我不敢再輕易相信人。

- 굉장히 믿고 지내던 사람으로부터 발등을 찍혔던 경험은 누구에게나 있을 것이다.

  大部分的人應該都有被熟人背叛的經驗。

발목을 잡히다 : 被某件事糾纏住，無法脫身。

- 집에 가는 길에 발견한 강아지가 떨고 있는 모습이 나의 발목을 잡았다.

  在回家的路上看到一隻瑟瑟發抖的小狗，讓我邁不開腳步。

- 취업 준비를 하는데, 오를 듯 오르지 않는 토익 점수가 발목을 잡는다.

  我正在準備就業，但不上不下的多益分數成了我的阻礙。

- 봉사활동에 참가하고 싶었지만 내가 그럴 처지가 될까 하는 생각이 발목을 잡는다.

  雖然很想參加志工活動，但想到自己的處境就卻步了。

- 절실하게 종교에 귀의하고자 하는 마음과는 달리 과거의 기억이 그녀의 발목을 잡고 있다.

  不同於她迫切想皈依宗教的意志，過去的回憶正阻擋著她的腳步。

- 이 나라의 급속한 경제 성장을 따라가지 못하는 정치 수준이 경제 성장의 발목을 잡고 있다.

  跟不上急遽經濟成長的政治水準，阻礙了這個國家經濟發展的腳步。

발 벗고 나서다 : 積極挺身而出。

- 동네 주민들은 김 씨의 선거 운동에 발 벗고 나섰다.

  居民們全力支持金先生的競選活動。

- 국제사회에서 에볼라 바이러스 퇴치에 발 벗고 나섰다.

  國際社會致力於擊退伊波拉病毒。

- 생산과 유통 과정에 대한 신뢰도를 높이는 데 기업들이 발 벗고 나섰다.

  企業們為了增加生產與流通過程的信賴度挺身而出。

- 이장님은 우리 고향의 농산물이 제값을 받게 하기 위해 발 벗고 나섰다.

  里長為了讓家鄉農產品能收到合理價格而挺身而出。

- 홈쇼핑 사업이 글로벌 시장 공략에 발 벗고 나서면서 매출이 크게 증가했다.

  電視購物事業加入攻略國際市場的行列後，銷售便有了大幅增加。

발뺌을 하다 : 逃避、推卸責任。

- 이번 달부터 시급을 올려주기로 했는데 월급날이 되니 사장님이 발뺌을 했다.
  社長本來答應這個月要調漲薪水，到了發薪日當天卻臨陣脫逃。

- 남편이 다른 여자와 연락하는 것을 알고 추궁했더니 그냥 친한 사이라며 발뺌을 했다.
  我向老公追問他和其他女人聯絡的事，他卻以熟人作為藉口搪塞。

- 당선 이후에 공약을 하나씩 파기하고 있는 국회의원들은 발뺌을 하며 대답을 피했다.
  當選後未兌現選舉諾言的國會議員們推卸責任、避而不答。

- 김 대리는 출근 시간이 지나서 슬쩍 들어오더니 지각을 하지 않았다고 발뺌하고 있다.
  金代理超過上班時間才偷偷進公司，還逃避說自己並沒有遲到。

- 사고의 원인이 자신에게 있음에도 모르쇠로 일관하며 발뺌을 하는 모습에 비난이 쏟아지고 있다.
  即使事故原因在他身上卻仍堅持不知情的樣子引來了許多責難。

발을 맞추다 : 幾個人將各自的行動和發言導向一致目標或方向。

- 공장에서는 증가하는 수요에 발을 맞추어 생산량을 늘리기로 했다.
  工廠為了配合上升的需求量，決定調整腳步增加生產。

- 우리 회사에서도 한류 열풍에 발을 맞추어 수출 상품을 기획하고 있다.
  我們公司也為了跟上韓流風潮的腳步，正在企劃出口商品。

- 정부의 정책에 발을 맞추어 기준 금리를 현재 수준으로 유지하기로 했다.
  為配合政府政策，我們將把標準利率維持在目前的水準。

- 영어 회화 열풍에 발을 맞춰 우리 아이들도 영어 유치원에 보내기 시작했다.
  為了跟上英語會話的熱潮，我們也開始把孩子送到英語幼稚園。

- 기업들은 변화에 발을 맞추어 융합 시대의 경영 전략을 새로 수립하고 있다.
  企業們為了跟上變化的腳步，正在建立統合時代的全新經營戰略。

발이 넓다 : 來往、認識的人眾多，交際廣泛。

• 나는 낯을 가리고 말도 잘 못해서 발이 넓지 않은 편이다.
　我很怕生又不善於說話，所以交際不甚廣泛。

• 그는 학교 다닐 때부터 발이 넓어서 여기저기 아는 친구가 많다.
　他從學生時期就善於社交，到處都有認識的朋友。

• 엄마는 발이 넓어서 집 앞 슈퍼에만 가도 꼭 아는 사람을 만난다.
　媽媽交友廣闊，就連到附近的超市都會遇到認識的人。

• 영업부의 신입 사원은 발이 넓다는 것을 자신의 장점으로 내세웠다.
　業務部的新進員工將廣泛的人脈標榜為自己的優點。

• 형은 유난히 발이 넓어서 돈 빌릴 곳도 많을 줄 알았는데 정작 그렇지는 않았다.
　我以為哥哥人脈甚廣會有許多借錢的管道，但實際上卻並非如此。

변덕이 죽 끓듯 하다 : 言語和行動反覆無常。

• 부모의 행동이 변덕이 죽 끓듯 하면 아이들은 항상 눈치를 보게 된다.
　若父母的行為太過陰晴不定，孩子就會習慣性看人臉色。

• 여자 친구의 반응을 보면 변덕이 죽 끓듯 해서 비위를 맞춰 줄 수가 없다.
　女友的反應變化多端，因此很難迎合她的喜好。

• 변덕이 죽 끓듯 하는 대중의 취향에 맞춰 발 빠르게 대처하기란 어려운 일이다.
　要快速迎合大眾變化無常的喜好是一件難事。

• 참을성이 부족한 사람은 어떤 일을 하려고 마음먹었다가도 변덕이 죽 끓듯 한다.
　耐力不足的人即便下定決心要行動，卻仍會反覆不定。

• 날씨가 변덕이 죽 끓는 듯해서 낮에는 여름처럼 덥다가 밤이 되면 늦가을 날씨가 된다.

天氣陰晴不定，白天像夏天一樣炎熱，到晚上又成了秋末的天氣。

불 보듯 훤하다 : 對於即將發生的事情幾乎不需質疑，十分明確。

• 돈을 낭비하다가는 나중에 후회할 것이 불 보듯 훤하다.

你之後一定會後悔現在揮霍的行為。

• 많이 먹고 움직이지 않으면 살이 찔 것이 불 보듯 훤하다.

吃得多卻動得少就一定會變胖。

• 아이에게 시키는 일만 하게 하면 수동적인 성격으로 자라게 된다는 것은 불 보듯 훤한 일이다.

若只讓孩子一個口令一個動作，必然會養成他們被動的個性。

• 자주 다투는 연인이 금방 헤어지리라는 것은 불 보듯 훤한 일인데도 당사자들은 잘 깨닫지 못한다.

常吵架的情侶必定容易分手，但當事人卻總是想不通。

• 진부한 줄거리로 영화를 만들었다가는 관객들의 눈길을 끌지 못해 바로 외면당할 게 불 보듯 훤한 일이다.

用老掉牙的故事大綱來製作電影一定無法吸引觀眾目光，且會立刻被冷落。

비행기를 태우다 : 過度地稱讚或奉承他人。

• 오늘따라 동료들이 나를 칭찬하며 비행기를 태운다.

同事們今天特別稱讚我，把我捧上天了。

• 아이가 좋은 일을 했다면 충분히 칭찬하고 비행기를 태우는 것도 좋다.

若孩子做了好事，充分地稱讚他們也是件好事。

- 일을 잘 했을 때 비행기를 좀 태워 주면 기분이 좋아서 더 잘하게 된다.

  表現好的時候若受到稱讚，就會因為開心而讓人更努力表現。

- 박 대리님은 나를 비행기를 태워 주는 것처럼 과하게 추어올리며 은근히 사람을 민망하게 만든다.

  朴代理過度地稱讚我，把我捧上天，讓人有些不自在。

- 친구들이 내가 좋아하는 여자 앞에서 나를 비행기 태워주며 추어올리는데 나도 모르게 얼굴이 빨개졌다.

  朋友們在我喜歡的女生面前誇讚我，讓我不自覺紅了臉。

ㅅ

세상 모르게 : 因熟睡或酒醉而不省人事。

- 아기가 세상 모르게 잠을 자고 있다.

  孩子睡得不省人事。

- 며칠 밤을 새고 나서 세상 모르게 잠을 자고 나니 가뿐해졌다.

  熬了好幾天的夜，睡了個深沉的覺之後覺得舒服多了。

- 나는 화가 나 죽겠는데 남편은 코를 골며 세상 모르고 잠을 잔다.

  我都快被氣死了，老公還打呼睡得不省人事。

- 조수석에서 재잘재잘 떠들던 딸이 어느새 세상 모르게 잠이 들었다.

  在副駕駛座嘰嘰喳喳吵個不停的女兒，不知何時已進入夢鄉熟睡著。

- 나는 어젯밤에 세상 모르고 자느라 방에 아버지가 들어오신 줄도 몰랐다.

  我昨天晚上睡得很沉，連爸爸走進房間都沒有發現。

속이 타다 / 속을 태우다 : 內心焦急、擔憂。

- 구제역 발생으로 인해 축산 농가들의 속이 타고 있다.
  口蹄疫的爆發讓畜牧業農家們十分焦急。

- 기다리는 소식이 오지 않아 며칠째 속을 태우고 있다.
  遲遲收不到等待的消息，已讓我連續焦躁了好幾天。

- 여행지에서 밤늦도록 숙소를 구하지 못해 속을 태웠다.
  到了深夜都還找不到旅行當地的住處讓我十分著急。

- 기차표가 매진되어서 명절에 고향에 가지 못하는 사람들은 속이 타는 기분이다.
  因買不到車票而無法返鄉的人一定十分著急。

- 영화배우 김나나 씨는 자신의 영화 개봉 날짜가 자꾸 미뤄지자 점점 속이 탔다.
  演員金娜娜主演的電影上映日期老是延後，讓她越來越著急。

손때가 묻다 : 長久使用某物品而習慣，或對其產生情感。

- 어머니는 할머니의 손때가 묻은 물건을 소중하게 여긴다.
  媽媽很珍惜奶奶長年使用的物品。

- 할머니 방에는 손때 묻은 가구들이 깨끗하게 정돈되어 있다.
  奶奶房間裡長年使用的家具被整理得十分整齊。

- 선생님은 아이들의 손때가 묻은 작품을 오랫동안 가지고 있다.
  老師長久保存著孩子們常使用的作品。

- 시골 집 마루는 오랜 시간 동안 손때가 묻어 반질반질하게 빛나고 있다.
  鄉下老房子的地板因長久使用所以十分光滑。

- 집에서 오래 쓴 물건은 손때가 묻어 꼬질꼬질하지만 정겨운 느낌이 든다.
  家裡用久了的物品雖有些破舊，卻有很深的感情。

손사래를 치다 : 為表達拒絕或否認、攤開手掌大力揮動。

- 모 여배우가 재벌 2세와의 열애설에 손사래를 치며 부인했다.
  某女演員擺手否認與富二代的熱戀緋聞。

- 아버지는 우리 집을 팔 거냐는 말에 아니라는 듯 손사래를 쳤다.
  有人問家裡的房子是否要出售，父親搖搖手表示並非如此。

- 술을 잘 못 한다며 손사래를 치던 사람이 알고 보니 술고래였다.
  後來才發現那個擺著手表示自己酒量不好的人其實非常海量。

- 그 영화배우는 정치권 진출 계획이 있냐는 질문에 손사래를 치며 부정했다.
  那位電影演員擺手否認了是否要往政治圈發展的提問。

- 앞에 나와서 노래 한 곡 해 달라는 말에 사장님은 손사래를 치며 사양하셨다.
  社長擺手拒絕了上台高歌一曲的請求。

손에 땀을 쥐다 : 驚險緊張、令人捏把冷汗。

- 처음 면접을 볼 때 손에 땀을 쥐게 될 정도로 긴장했다.
  第一次面試時緊張到手裡捏了大把的冷汗。

- 그 농구 경기는 손에 땀을 쥐게 하는 막상막하의 경기였다.
  那是一場不分上下、令人緊張到手心冒汗的籃球比賽。

- 어제의 경기는 손에 땀을 쥐게 할 정도로 긴장감이 넘쳤다.
  昨天的比賽緊張到讓人手心冒汗。

- 두 후보는 결승전에서 손에 땀을 쥐게 하는 박빙의 승부를 펼쳤다.
  兩位選手在決賽中展開了不分上下、令人捏一把冷汗的比賽。

- 범인을 추격하는 장면은 손에 땀을 쥐게 할 정도로 박진감이 넘쳤다.
  追擊犯人的場面逼真到令人捏一把冷汗。

손에 익다 : 做事熟練、上手。

- 한 달 정도 지나니 일이 손에 익어 작업 속도가 빨라졌다.

  大概過了一個月後，工作上手了，作業速度也變快了。

- 이 게임은 어렵다고 소문났지만 손에 익으면 재미를 붙일 수 있다.

  雖然大家都說這款遊戲很困難，但熟悉後就能感受到樂趣。

- 새로 산 스마트폰이 손에 익지 않아서 조작하는 데 시간이 걸린다.

  因為還不熟悉新手機，所以操作時很花時間。

- 처음이다 보니 일이 손에 익지 않아서 하는 일마다 실수투성이였다.

  因為是第一次嘗試還不熟悉，所以做什麼都錯誤百出。

- 기계로 할 수 있는 일도 손에 익은 옛날 방식으로 하는 사람들이 있다.

  即使是機器能做到的事，也有些人會使用過去習慣的方法。

손에 잡히다 : 心情冷靜沉著，能專心做事且有效率。

- 마음이 들떠서 일이 손에 잡히지 않는다.

  心情太過浮躁，所以做起事來無法得心應手。

- 퇴근 시간이 가까워 오자 일이 손에 잡히지 않았다.

  一接近下班時間就無法專心工作。

- 일이 손에 잡히지 않아서 잠깐 바람을 쐬러 나갔다 왔다.

  因為工作狀態不佳，所以出去透透氣。

- 모처럼의 휴가에 들뜬 직원들은 일이 손에 잡히지 않는 눈치였다.

  因為難得的休假而興奮不已的員工看起來是無法專注工作了。

- 처음에는 허둥대기만 했는데 한 달 동안 하고 나니 일이 손에 잡힌다.

  雖然剛開始一直手忙腳亂的，但一個月後就變得得心應手了。

손을 벌리다 : 要求或乞求某樣事物。

- 나는 학생 때도 부모님께 손을 벌리는 것이 늘 부끄러웠다.
  我連在學生時期都不好意思向父母伸手要錢。

- 누나는 주변 사람들한테 아무렇지도 않게 손을 벌리고 다녔다.
  姊姊毫不在意地到處跟人伸手借錢。

- 친한 친구가 정말 힘들다며 손을 벌리는데 외면할 수가 없었다.
  親近的朋友遇到困難並向我求助，我實在無法拒絕。

- 급하게 돈이 필요한데 손을 벌릴 만한 곳이 없어서 대출을 받았다.
  突然需要一筆急用，但沒有能借錢的地方，於是我跑去申請貸款。

- 금리가 높은 사채를 쓰는 것보다 지인에게 손을 벌리는 것이 낫다.
  與其跟高利貸借錢還不如向朋友求助。

손을 씻다 : 與負面或有疑慮的事撇清關係。

- 어머니는 동생이 정신 차리고 손을 씻길 바라신다.
  母親希望弟弟能振作起來並金盆洗手。

- 도둑질에 가담했던 학생들은 손을 씻고 반성하겠다며 빌었다.
  行竊的學生們表示會改過自新，向我們求饒。

- 형님은 나에게 마지막으로 한 탕 챙기고 손을 씻자고 유혹했다.
  大哥慫恿我最後大幹一票再金盆洗手。

- 삼촌은 도박 중독자였는데 3년 전부터 손을 씻고 일을 하고 계신다.
  叔叔曾經賭博成癮，但三年前便金盆洗手且現在正在工作。

- 그는 젊을 때 도박에 빠져 손을 씻지 못하고 아직도 방황하고 있다.
  他從年輕時就沉迷賭博又沒能金盆洗手，現在還是漂泊不定。

손이 빠르다 : 事情處理得很快。

• 그는 손이 빨라 짧은 시간 안에 많은 일을 끝낸다.
　他手腳很快，在短時間內就完成許多事。

• 이모는 손이 빨라서 남들보다 일감을 더 많이 받아온다.
　阿姨手腳很快，因此接到比別人更多的工作。

• 나는 손이 빠른 편이라 일주일이면 뜨개질로 목도리를 만든다.
　我的動作很快，大概一個禮拜就能織好圍巾。

• 어머니는 손이 빠르셔서 여러 가지 음식을 한꺼번에 만드신다.
　媽媽的手腳很快，可以同時做很多道料理。

• 나는 손이 빨라서 일을 끝내고 쉬는 시간을 좀더 가질 수 있다.
　因為我動作很快，所以結束工作後可以有較長的休息時間。

숨이 트이다 : 令人鬱悶的事情被解決。

• 갑갑했던 사무실에서 나와 산책을 하니 숨이 트인다.
　離開沉悶的辦公室，出來散散步之後覺得舒暢多了。

• 창문을 조금 열어 두었더니 환기가 되어서 숨이 트인다.
　打開窗戶透氣後覺得清爽多了。

• 학생들은 교실에서 나가면서부터 숨이 트이는 기분을 느낀다.
　學生在走出教室之後才有了舒暢的感覺。

• 애완견도 숨이 트이도록 적절하게 야외 활동을 시켜 줘야 한다.
　寵物狗也需要適當的戶外活動以便讓牠們透氣。

• 아침 일찍 산에 올라서 풍경을 보니 숨이 트이는 것 같은 기분이다.
　一大早上山看風景，有種神清氣爽的感覺。

시치미를 떼다 : 自己做了或明知某事實，卻裝作不知道。

- 아이들은 잘못을 하고서도 시치미를 떼지만 표정에 다 드러난다.
  小孩子做錯事後雖然會裝沒事，但表情卻藏不住。

- 직장을 옮길 거냐는 동료들의 물음에 나는 아니라며 시치미를 뗐다.
  同事們問我是不是要換工作，我只是不動聲色地否認。

- 큰 아들이 자꾸만 자고 있는 동생을 때려서 울려 놓고 시치미를 뗀다.
  大兒子老是把在睡覺的弟弟打醒，又裝作沒這回事。

- 그 사람이 나를 좋아한다는 걸 알고도 모르는 척 시치미를 떼고 있다.
  我明知道他喜歡我卻還是故作不知。

- 한 남성이 외도를 한 뒤 아무 일도 없다는 듯 시치미를 뚝 떼고 있었다.
  那位男子做了壞事之後卻還裝沒事。

실마리를 찾다 : 找到事件的線索。

- 사건 해결의 실마리를 찾을 수 없다.
  找不到能解決案件的線索。

- 연구팀은 우주의 비밀을 풀 실마리를 찾았다.
  研究組找出能解開宇宙奧秘的線索了。

- 루게릭 병 치료 실마리를 찾았다는 발표가 있었다.
  有一則研究曾發表能治療漸凍症的線索。

- 대학생들이 인공지능 로봇 개발의 실마리를 찾아냈다.
  大學生們想出開發智慧機器人的頭緒了。

- 혜성에 대한 연구를 통해 생명의 기원 등에 대한 실마리를 찾을 것으로 기대하고 있다.
  大家很期待能透過研究彗星找出生命起源等的線索。

쌍벽을 이루다 : 眾人之中特別傑出，難分優劣的兩人。

- 소주와 맥주는 한국인들이 사랑하는 술로 쌍벽을 이룬다.
  燒酒和啤酒是韓國人最愛的兩大酒類。

- A팀과 B팀은 70년대 쌍벽을 이루는 대표적인 야구팀이었다.
  A 隊和 B 隊是 1970 年代最具代表性的兩大棒球隊伍。

- 역 앞에 있는 유명한 식당과 쌍벽을 이룬다는 맛집에 가보려고 한다.
  我打算去嚐嚐和車站前面那間知名餐廳並列雙冠的名店。

- 우리나라 붓글씨의 쌍벽을 이루는 김정희와 한석봉을 분석해 보았다.
  我分析了韓國書法的雙巨擘－金正喜和韓石峯。

- 두 대학교는 입학생들의 성적과 학구열이 쌍벽을 이뤄 라이벌 관계로 유명하다.
  這兩所學校的新生成績和學習態度並列雙冠，並以互相競爭聞名。

 17

아랑곳하지 않다 : 不出面干預或關注某事。

- 쏟아지는 비에 아랑곳하지 않고 씩씩하게 걸어서 집에 간다.
  毫不在乎偌大的雨勢並堅強地走路回家。

- 동생은 엄마의 잔소리에도 아랑곳하지 않고 게임을 계속 했다.
  弟弟完全不理會媽媽的碎碎念，還繼續玩遊戲。

- 그는 사람들의 시선에도 아랑곳하지 않고 화려한 옷을 입고 다닌다.
  他毫不在乎路人的目光，穿著華麗的服裝。

- 아가씨들은 추운 날씨에도 아랑곳하지 않고 짧은 치마를 입고 다닌다.
  小姐們不顧寒冷的天氣仍穿著短裙。

- 국민들은 불황에도 크게 아랑곳하지 않고 연말마다 이웃돕기 성금에 기부를 계속 해
  왔다.

  人民不受經濟不景氣的影響，每到年末都會捐助敦親睦鄰救助金。

알다가도 모르다 : 無法透徹理解某事。

- 한국 사람들의 특징을 알다가도 모르겠다.

  韓國人的特性讓人似懂非懂。

- 자신의 속내를 말하지 않는 사람을 보면 알다가도 모르겠다.

  不吐露自己內心的人總讓人摸不著頭緒。

- 오빠의 말투는 늘상 거칠지만 하는 행동은 친절해서 알다가도 모르겠다는 생각이 든다.

  哥哥的語氣雖然很兇，但行為卻很親切，讓人摸不透。

- 내 여자 친구는 좋아도 싫다고 말하고 싫어도 싫다는 말을 안 해서 오래 사귀었지만
  알다가도 모르겠다.

  女朋友遇到喜歡的東西說討厭，不喜歡也不表達，所以雖然交往許久，我仍猜不
  透她。

- 불매 운동을 하다가도 상술에 속아 상품을 경쟁적으로 구입하는 소비자들의 심리는
  알다가도 모를 일이다.

  先是發起拒買運動，又落入商業手法的圈套爭相搶購商品，消費者的心理真讓人
  猜不透。

어깨가 무겁다 : 肩負重任，心理壓力很大。

- 이번에 새로운 팀을 맡게 되어 어깨가 무겁다.

  這次扛下新的組別之後覺得肩負重任。

- 중국 진출을 하며 팀장을 맡게 되어서 어깨가 무겁다.

  進入中國市場後接下組長一職，讓我覺得肩負重任。

- 부모님이 돌아가시고 동생을 돌보게 되어서 어깨가 무겁다.

  父母過世後我必須照顧弟弟，讓我覺得壓力沉重。

- 결혼을 하고 한 집안의 가장이 되니 어깨가 무겁게 느껴진다.

  結婚後成為一家之主，讓我感受到了肩膀上的重擔。

- 오늘 경기는 아주 중요해서 선발 투수의 어깨가 무거울 것이다.

  今天的比賽十分重要，先發投手的壓力應該非常大。

어깨를 으쓱거리다：想炫耀或堂堂正正、驕傲的心情。

- 그는 아무렇지 않은 척 어깨를 으쓱거리며 아프지 않다고 말했다.

  他若無其事地聳著肩，表示不會痛。

- 어려운 시험에 합격한 친구가 학교에 어깨를 으쓱거리며 나타났다.

  通過了高難度考試的同學大搖大擺地出現在學校。

- 형이 인형처럼 예쁜 여자 친구를 집에 데려오며 어깨를 으쓱거렸다.

  哥哥帶著像洋娃娃般漂亮的女友回家，顯得十分自豪。

- 새 차를 산 남자 친구가 어깨를 으쓱거리며 회사 앞으로 나를 데리러 왔다.

  買了新車的男友意氣風發地開車到公司門口接我。

- 대기업에 취직한 선배가 학교에 찾아와서 후배들에게 점심을 사주며 어깨를 으쓱거린다.

  錄取大企業的學長回到學校請學弟妹們吃午餐，十分得意洋洋。

어찌할 수 없다 / 어쩔 수 없다：不論何種方法都沒有用。

- 서울시는 시민들의 반대에 어쩔 수 없이 도시 개발 사업을 중단하게 되었다.

  首爾市因市民的反對，所以不得不中斷都市開發計劃。

- 회사에 대체 인원이 없어서 피곤하거나 아파도 어쩔 수 없이 출근을 해야 했다.

  公司沒有替代人員，因此就算疲倦或生病也無計可施，必須上班。

- 열심히 노력해도 되지 않는 것이 있듯이 때로는 사람의 능력으로 어찌할 수 없는 상황도 있다.

  就像有時努力也不會有成果，有些情況就是人的能力所不可及的。

- 비를 맞으며 떨고 있는 강아지가 불쌍했지만 나도 고시원에 사는 처지에 어찌할 수가 없어서 우산을 씌워 주고 왔다.

  雖然淋雨發抖的小狗很可憐，但我住在考試院也沒辦法幫牠，就只能幫牠撐傘。

- 그는 부모님의 강요에 의해 억지로 공부를 하고 있었지만 마음속에서 끓어오르는 음악에 대한 열정을 어찌할 수 없었다.

  雖然依照父母的要求而勉強念書，卻奈何不了他內心對音樂所燃燒的熱情。

얼굴이 두껍다 : 不知羞恥、厚臉皮。

- 어찌나 얼굴이 두꺼운지 매일 찾아와서 부탁을 하는 후배가 있다.

  有些學弟妹的臉皮真的很厚，每天都來要求我們幫忙。

- 그는 어찌나 얼굴이 두꺼운지 툭하면 찾아와 어려운 부탁을 한다.

  真不知道他的臉皮有多厚，動不動就做出很困難的請求。

- 나는 공공장소에서 큰 소리로 떠들 만큼 얼굴이 두꺼운 사람은 아니다.

  我可不是臉皮厚到敢在公眾場合大聲喧嘩的人。

- 그는 지각을 밥 먹듯이 하면서 사과도 하지 않아서 어떻게 얼굴이 저렇게 두껍냐는 소리를 듣는다.

  他習以為常地遲到並且從不道歉，所以經常有人說他臉皮怎能那麼厚。

- 나는 원래 소심한 성격이었는데 고객을 대하며 휴대폰을 파는 일을 하면서 점점 얼굴이 두꺼워졌다.

  我本來的個性比較小家子氣，但面對客人賣手機賣久了，臉皮也漸漸變厚了。

엄두를 못 내다 : 不敢下定決心去做某件事。

- 달리기를 싫어해서 마라톤 대회는 엄두를 못 낸다.
  我很討厭跑步，所以從沒想過要參加馬拉松比賽。

- 밤새도록 폭설이 내려 주민들이 치울 엄두조차 못 낼 만큼 눈이 많이 쌓였다.
  下了整夜的雪之後，積雪多到居民們放棄清理的念頭。

- 허리가 안 좋으신 어머니를 위해 안마기를 알아봤는데 너무 비싸서 살 엄두를 못 내고 있다.
  我為了腰不好的母親去打聽了一下按摩椅，但價格貴到我不敢買。

- 호랑이 선생님이라는 별명을 가진 분이 계시는데 그 분에게는 어떤 학생도 말대꾸를 할 엄두를 못 낸다.
  有位老師的綽號叫做老虎，任何學生都不敢對他頂嘴。

- 나도 노래를 꽤 잘하는 편이지만 전국에서 난다 긴다 하는 사람들이 나가는 대회는 차마 출전할 엄두를 못 내겠다.
  雖然我也算是會唱歌，但還是不敢參加全國高手雲集的比賽。

엉덩이가 무겁다 : 一就定位就不輕易起身。

- 반장은 쉬는 시간에도 엉덩이가 무겁게 앉아서 공부를 계속 했다.
  班長即使在下課時間也還是乖乖坐著念書。

- 공부든 게임이든 엉덩이가 무거운 사람이 결국 잘하게 되어 있다.
  不論是讀書或打遊戲，只要坐得住的人便能做得好。

- 그는 엉덩이가 무거워 일을 한번 시작하면 끝날 때까지 꼼짝도 않는다.
  他十分坐得住，開始工作後不到結束便絲毫不動。

- 엉덩이가 무거우면 공부를 잘할 수 있을지는 모르지만 오래 앉아 있는 것은 건강에 좋지는 않다.
  雖然不確定坐得久就能讀出好成績，但久坐對身體並不好。

- 우리 딸은 공부할 때는 물을 마시거나 화장실을 가겠다며 자주 방에서 나오는데 만화책을 볼 때는 엉덩이가 무거워진다.

  我女兒讀書時總是動不動就跑出房間喝水或上廁所，但看漫畫時倒是很坐得住。

열을 올리다[내다] : 對某事非常熱衷或表現熱忱。

- 방송사들이 광고 유치에 열을 올리게 되면서 부작용이 나타나고 있다.

  隨著電視台們集中火力於投放廣告，副作用也逐漸產生。

- 경제 불황이 계속되면서 복권 구매에 열을 올리는 사람들이 늘고 있다.

  持續的不景氣讓熱衷於購買彩券的人逐漸增加。

- 수능 시험이 다가오면서 수험생들은 막바지 시험공부에 열을 올리고 있다.

  隨著學測的接近，應考生們都開始最後的準備衝刺。

- 그는 자신이 불이익을 받는 상황을 참지 못하고 매번 열을 내며 자기주장을 한다.

  他不能忍受自己受到不公平的對待，每次都激動地強調自己的立場。

- 상견례 자리에서 자기 아들 자랑에만 열을 올리는 예비 시어머니의 모습이 보기 좋지 않았다.

  準婆婆在相見禮時只顧炫耀自己兒子的樣子令人不太舒服。

으름장을 놓다 : 用言語或行動威脅。

- 엄마는 내게 한 번만 더 거짓말을 하면 크게 혼날 줄 알라며 으름장을 놓으셨다.

  媽媽鄭重警告我，要是我再說謊，就會狠狠教訓我一頓。

- 선생님은 아이들에게 수업시간에 떠들면 교실 밖으로 쫓아낼 거라며 으름장을 놓으셨다.

  老師嚇唬孩子們若在上課時間玩鬧，就會把他們趕到教室外。

- 부장님은 자신의 지시를 따르지 않는다면 이번 승진은 기대하지 말라고 으름장을 놓고 있다.

  部長威脅我們，要是不遵照他的指令做事，這次就不用妄想升遷了。

- 아버지께서 눈을 크게 뜨고 으름장을 놓는 모습이 무서워서 나는 차마 말대꾸를 하지 못했다.

  爸爸睜大眼睛威嚇的模樣太過可怕，讓我不敢頂嘴。

- 회사에서 직원들에게 영업 목표를 달성하지 못하면 이번 달 월급을 깎겠다고 으름장을 놓았다.

  公司警告員工若這次無法達到業績，就會調降這個月的薪水。

입에 대다 : 直譯為「沾口」，用於吃或飲用食物，抑或是抽菸。

- 나는 간이 나빠진 이후로 술을 전혀 입에 대지 않고 있다.

  自從我的肝功能變差後就滴酒不沾了。

- 친구는 아버지의 갑작스러운 죽음에 상심하여 음식을 입에 대지 못하고 있다.

  朋友因爸爸突然過世而太過傷心，導致食不下嚥。

- 큰아버지는 퇴직 후 집에서 혼자 계시다가 처음으로 술을 입에 대기 시작하셨다.

  伯父退休後獨自在家待了一陣子，並開始接觸喝酒。

- 독하게 다이어트를 하기로 마음먹고는 햄버거나 피자 같은 음식은 일절 입에 대지 않고 있다.

  我狠下心決定要減肥後，就完全不碰漢堡、披薩這類的食物。

- 의료 전문가가 발표한 입에 대지 말아야 할 7가지 음식 중 우유가 꼽혔다는 사실에 깜짝 놀랐다.

  牛奶被選為醫學專家發表的七大忌口飲食，令人十分訝異。

입에 풀칠하다 : 糊口、勉強過活。

- 온 가족이 돈을 벌어야 겨우 입에 풀칠을 할 수 있었다.

  全家都必須賺錢才能勉強糊口。

- 아버지의 월급으로는 우리 식구들이 입에 풀칠하기도 쉽지 않았다.

  光靠爸爸的薪水就連填飽全家人的肚子都有困難。

- 프리랜서로 일하기 시작한 뒤로 수입이 불안정해서 일거리가 없을 때는 입에 풀칠하기도 어렵다.

  開始當自由業者後，因為收入不甚穩定，沒有工作時甚至連填飽肚子都有問題。

- 소년가장인 학생이 아르바이트를 해서 받는 최저임금으로는 입에 풀칠하기도 힘들다며 한탄했다.

  作為少年家長的學生說光靠打工賺來的最低時薪也難以糊口，並嘆了一口氣。

- 회사에 다니며 스트레스도 많이 받고 힘들었지만 입에 풀칠이라도 하려면 어쩔 수 없이 출근을 해야만 했다.

  雖然上班後感受到許多壓力也很辛苦，但為了糊口還是不得不這麼做。

입을 맞추다 : 統一說詞。

- 발표 전날 조원들끼리 모여서 입을 맞춰 보기로 했다.

  組員們決定在報告前一天見面統一彼此的想法。

- 우리는 서로만 알고 있는 비밀을 말하지 않기로 입을 맞추었다.

  我們約好不能洩漏只有彼此知道的祕密。

- 학생들에게 수업 시간에 있었던 일을 말하지 않도록 입을 맞추게 했다.

  學生們約好要保密上課時所發生的事。

- 사회자와 출연자는 방송 녹화 전에 미리 만나서 질문과 대답에 대해 미리 입을 맞추었다.

  主持人與來賓在節目錄製前事先見面，統整彼此對問題與回答的說法。

- 부모님을 걱정시키고 싶지 않아서 내가 아프다는 사실을 비밀로 하기로 언니와 입을 맞추었다.

  為了不讓父母擔心，我和姊姊約好向他們保密我生病的事。

입을 모으다 : 許多人一致表達相同意見。

• 이 스마트폰은 전자기기 전문가들이 입을 모아 극찬한 제품이다.
  這隻智慧型手機是電子產品專家們一致讚賞的產品。

• 모든 사람들이 입을 모아 최 대리가 성실하고 착하다고 칭찬했다.
  所有人都稱讚崔代理十分勤奮又善良。

• 저 식당은 이곳을 방문한 관광객들이 입을 모아 칭찬하는 곳이다.
  所有來過這間餐廳的觀光客都對這裡讚不絕口。

• 주변 사람들은 그가 성실하고 유능한 사람이라고 입을 모아 칭찬했다.
  周圍的人都眾口一致地稱讚他勤奮又有能力。

• 이곳에서 일하던 사람들은 직원에 대한 처우나 복지가 형편없었다고 입을 모아 비난했다.
  所有曾經在這間公司工作過的人都批評這裡的待遇與福利非常差。

입이 귀에 걸리다 : 感到開心而咧嘴而笑。

• 지난주에 새신랑이 된 오빠가 입이 귀에 걸려 있다.
  上週剛成為人夫的哥哥笑容滿面。

• 아들이 퇴원했다는 소식에 그는 입이 귀에 걸려서 병원으로 달려갔다.
  他聽見兒子出院的消息，便滿臉笑意地跑向醫院。

• 그는 처음으로 여자 친구가 생겨서 생각만 해도 입이 귀에 걸릴 것 같았다.
  他第一次交女朋友，光是想到這件事就笑得合不攏嘴。

• 나는 남편이 변호사 시험에 최종 합격했다는 소식을 듣고 입이 귀에 걸렸다.
  我聽見丈夫通過律師考試的消息後，笑得合不攏嘴。

- 가게가 TV에 소개되고 나서 부쩍 장사가 잘 되고 있어서 사장님은 입이 귀에 걸려 싱글벙글하신다.

  店家上了電視之後，生意一下變得非常好，老闆因此眉開眼笑，笑得樂不可支。

입이 (딱) 벌어지다 : 形容非常驚嚇或驚喜而目瞪口呆。

- 국수 만들기 달인의 손놀림을 보고 입이 딱 벌어졌다.

  熬湯達人的手藝看得我目瞪口呆。

- 처음으로 비행기를 타고 본 하늘의 모습에 입이 딱 벌어졌다.

  第一次搭飛機看到的天空讓我目瞪口呆。

- 혼자 자취하고 있는 친구의 집은 들어가자마자 입이 딱 벌어질 만큼 더러웠다.

  我一進到自己外宿的朋友家，便被那髒亂的程度嚇得目瞪口呆。

- 백화점에서 본 가방이 마음에 들어서 가격표를 봤는데 입이 벌어질 만큼 비쌌다.

  我在百貨公司發現喜歡的包包便看了一眼標價，但價格卻貴得嚇人。

- 자그마한 아이가 춤을 추는 장면은 저절로 입이 벌어질 만큼 놀라운 광경이었다.

  小小個頭的孩子跳舞的場景十分驚豔，令人目瞪口呆。

ㅈ 🎧 18

자리를 잡다 : 佔據一定的地位或空間。

- 캠핑장에 가서 나무 그늘 아래에 자리를 잡고 텐트를 쳤다.

  到露營區後找了樹蔭下的位置開始搭帳篷。

- 잠재의식 속에 한번 자리를 잡은 생각은 실제 행동을 변화시킨다.

  潛意識在腦中紮根後便會改變實際的行動。

- 아버지는 서울에 가서 자리를 잡고 연락을 주겠다며 떠나 버렸다.

  爸爸說在首爾安定下來後會聯絡我們，然後就離開了。

- 나는 카페 구석에 자리를 잡고 앉아서 책을 읽거나 그림을 그린다.

  我坐在咖啡廳角落的位置讀書或畫畫。

- 아들이 나이를 먹고 직장에서 어느 정도 자리를 잡은 모습이 대견하다.

  看著兒子長大後在職場找到自己定位的樣子，讓我非常自豪。

줄행랑을 놓다[치다] : 察覺苗頭不對，便快速逃跑。

- 줄행랑을 치는 범인을 잡아 경찰에 넘겼다.

  我逮住逃跑的犯人，並將他交給警察。

- 소매치기 범인이 경찰을 보고 줄행랑을 친다.

  偷竊犯看見警察便落跑了。

- 깜짝 놀라서 줄행랑을 놓는 뒷모습이 우스꽝스럽다.

  他被嚇到逃跑的背影真是可笑。

- 그는 내가 이름을 부르자마자 줄행랑을 놓는 것이었다.

  他一聽見我叫他名字便逃走了。

- 마음에 찔리는 것이 있는지 줄행랑을 치는 것이 수상하다.

  不知道他是不是作賊心虛，逃跑的樣子有點可疑。

진땀을 빼다 : 遇到困難或尷尬的事，焦躁得直冒汗。

- 김 대리는 사람들의 항의에 대응하느라 진땀을 뺐다.

  金代理為了應對眾人的抗議搞得滿頭大汗。

- 지하철에서 아이가 울음을 멈추지 않아 달래느라 진땀을 뺐다.

  孩子在地鐵上哭個不停，為了哄他弄得我滿頭大汗。

- 무리한 부탁을 하는 고객을 응대하느라 진땀을 빼는 날이 많다.

  時常為了應付做出無理請求的客人而傷透腦筋。

- 악역을 맡은 배우가 거리에서 봉변을 당해 진땀을 뺀 이야기가 유명하다.

  演出壞人一角的演員在路上驚險遇害的故事十分有名。

- 소속사에서는 인터넷상에 떠돌고 있는 그 가수의 소문에 대해 해명하느라 진땀을 빼고 있다.

  經紀公司為了應對那位歌手在網路上的傳聞正傷透腦筋。

진이 빠지다 : 感到失望或厭惡而失去熱情，或是力氣用盡、精疲力竭。

- 가벼운 달리기로 시작된 훈련은 선수들이 완전히 진이 빠져 드러누울 때까지 계속되었다.

  以輕鬆的跑步作為開端的訓練一直持續到選手們筋疲力盡倒地為止。

- 어떤 사람을 사랑하는 것도 감정적으로 힘이 들지만 죽도록 미워하는 것 역시 진이 빠지는 일이다.

  雖然愛一個人需要耗費感情方面的力氣，但極盡一切地憎恨也是很累人的事。

- 인터넷에서 물건을 주문하려는데 결제를 하려면 설치해야 하는 프로그램이 너무 많아서 진이 빠진다.

  本想在網路上下單購物，但結帳時要下載太多程式讓人失去興致。

- 중학생 아들에게 공부하라고 잔소리를 하다 보니 나도 진이 빠지고 아이도 지겨워하는 게 눈에 보였다.

  老是對念國中的兒子嘮叨、要他讀書，久而久之我覺得無力，孩子也明顯感到厭倦。

- 고객에게 항상 친절하게 대하려고 노력하지만 다짜고짜 화를 내거나 욕을 하는 고객을 만나면 진이 빠진다.

  雖然我一直努力要對客戶保持親切，但遇到莫名生氣怒罵的客人讓我感到很無力。

찬물을 끼얹다 : 插手本來順利發展的事情而打壞氣氛，或沒事找碴。

- 부장님은 회식 때마다 재미없는 농담으로 찬물을 끼얹곤 한다.
  部長常在聚餐時用無趣的笑話把場子搞冷。

- 너무나도 빨랐던 우리 팀의 탈락은 월드컵 열기에 찬물을 끼얹었다.
  韓國隊太快被淘汰，澆熄了人們對世界盃的熱情。

- 그의 엉뚱한 질문에 회의 분위기가 찬물을 끼얹은 듯이 조용해졌다.
  他莫名其妙的提問讓會議的氣氛冷卻，變得鴉雀無聲。

- 언론 규제와 탄압은 공정한 언론에 대한 국민의 열망에 찬물을 끼얹는 일이다.
  控管及壓迫媒體是破壞人民對公正媒體迫切渴望的行為。

- 우리 팀이 거의 다 이긴 경기였는데 한 선수의 실수가 뜨거운 응원 열기에 찬물을 끼얹었다.
  韓國隊本已勝券在握，但一名選手的失誤在觀眾熱烈的應援上澆了一盆冷水。

첫발을 떼다 : 踏出某件事的第一步，或事業的開端。

- 용기를 내어 사회에 첫발을 뗀 젊은 창업자들을 응원한다.
  我為鼓起勇氣踏出社會第一步的年輕創業者們應援。

- 이 제도는 이제 막 첫발을 뗀 상태라 아직 성공 여부를 장담하기 어렵다.
  這個制度才剛上路，還不能輕易斷言成功與否。

- 1년 넘게 준비한 프로젝트가 순조롭게 첫발을 떼면서 흑자를 내기 시작했다.
  籌備了超過一年的企劃順利地起步，並開始產生盈餘。

- 신기술을 이용한 농업이 이제 첫발을 뗀 상태이며 앞으로의 전망이 기대된다.
  利用新技術的農業現在才剛起步，未來的前景令人期待。

- 함께 사업을 하자고 뜻이 맞는 예술가들이 모인 지 3년이 지나 드디어 첫발을 떼었다.

  志同道合的藝術家們決定一起開創事業，聚首三年後終於邁出了第一步。

침이 마르다 : 反覆訴說某個人或某件事。

- 홈쇼핑 출연자가 침이 마르게 제품의 장점에 대해 말하고 있다.

  電視購物的來賓反覆地說著產品的優點。

- 감독은 연기자들에 대해 침이 마를 정도로 칭찬을 아끼지 않았다.

  導演毫不吝嗇地反覆稱讚演員們。

- 친구는 차를 새로 장만하고 하루 종일 침이 마를 정도로 자랑했다.

  朋友買了新車，整天沒完沒了地炫耀。

- 동생에게 공부 좀 열심히 하라고 침이 마르게 강조했지만 소용이 없었다.

  雖然我不斷地叮囑弟弟要努力念書，但卻毫無用處。

- 여자 친구에게 혼자 유학을 가면 위험하다고 침이 마르게 설명해도 알아듣지 못한다.

  我反覆對女友說明獨自去留學很危險，她卻仍聽不進去。

ㅋ 20

코웃음을 치다 : 輕視或嘲笑他人。

- 사람들은 에디슨의 아이디어를 이해하지 못하고 코웃음을 쳤다.

  人們不了解愛迪生的創意，對他嗤之以鼻。

- 길에 떨어진 쓰레기를 줍는 나를 보고 코웃음을 치는 사람이 있었다.

  有人看到我撿起地上的垃圾並冷笑了一聲。

- 나의 계획을 말하자 사람들은 코웃음을 치며 내가 못할 거라고 말했다.

  我一說出自己的計劃，便有人冷笑說我辦不到。

- 시민들은 새로운 시장의 엉뚱한 행동을 보고 무슨 일을 하는지 모르겠다며 코웃음을 쳤다.

  市民們看見新市長荒唐的舉止，表示不能理解並嗤之以鼻。

- 떼를 쓰는 아이를 조금 조용히 시켜달라고 말하자 아이 엄마가 코웃음을 치며 무시해 버렸다.

  我請孩子的母親讓鬧脾氣的小孩安靜一些，她卻冷笑忽視我。

콧대가 높다 : 表現高傲的、不可一世的態度。

- 우리 형은 콧대 높은 도도한 여자들을 좋아해서 자꾸 퇴짜를 맞는다.

  我哥哥喜歡高傲冷漠的女人，所以老是碰壁。

- 나는 눈매가 날카롭게 생겨서 콧대가 높을 것 같다는 말을 자주 듣는다.

  因為我眼神比較銳利，所以人們經常認為我很高傲。

- 자존감이 낮은 사람들은 억지로 콧대 높은 척을 해도 금방 들통이 난다.

  自尊心低落的人即便佯裝高傲的樣子，也很快就會露出破綻。

- 콧대가 높은 사람들은 사실 은근히 부끄러움을 타는 성격인 경우가 많다.

  其實很多個性冷漠的人，事實上都比較怕生。

- 그녀는 밝고 친절한 성격인데 자신의 외모만 보고 이성적으로 접근하는 남자들에게는 콧대가 높았다.

  她的個性其實很親切開朗，但對那些光看外表便接近她的男性則非常冷漠。

콧등이 시큰하다 : 因某件事感到悲傷或激動而快要流淚。

- 슬픈 드라마를 보고 콧등이 시큰해지고 눈물이 나올 것만 같았다.

  看了悲傷的電視劇後，讓我忍不住快要鼻酸流淚。

- 주인을 구하려고 목숨을 바친 개의 이야기를 읽고 콧등이 시큰해졌다.

  聽到狗狗為了救主人而喪命的故事真讓人鼻酸。

- 당선이 확정되자 그동안의 고생이 생각나 콧등이 시큰해지며 눈물이 핑 돌았다.

  確認當選之後，回想過去的辛苦讓我不禁感到鼻酸泛淚。

- 엄마가 나의 등을 두드리며 해주었던 괜찮다는 말 한 마디에 콧등이 시큰해졌다.

  媽媽輕拍我的背，對我說沒關係，那一句話便讓我感到鼻酸。

- 노부부의 사랑과 삶을 그린 영화가 관객들의 콧등을 시큰하게 만들며 흥행하고 있다.

  刻劃老夫妻愛情和人生的電影讓觀眾們感到鼻酸，十分賣座。

ㅌ 21

턱걸이를 하다 : 勉強通過某項標準，壓線、低空飛過。

- 아슬아슬하게 출근 시간에 턱걸이를 해서 겨우 지각을 면했다.

  壓線趕上上班時間才勉強沒有遲到。

- 70점 이상 통과인 시험에서 71점으로 겨우 턱걸이를 해서 합격했다.

  我在 70 分合格的考試中拿下 71 分，勉強低空飛過。

- 올해는 회사에 적자가 심해 성장률이 0.5% 선에서 턱걸이를 할 것으로 보인다.

  今年公司的赤字嚴重，大概只能勉強達到 0.5% 的成長率。

- 우리나라는 이제 겨우 선진국 진입을 위한 문턱에서 턱걸이를 하는 처지라고 생각한다.

  我認為我們國家目前還只是勉強達到先進國家標準的門檻。

- 나는 아무리 열심히 공부해도 전교 10등에 겨우 턱걸이를 하는 수준에서 벗어나질 못했다.

  即便我再努力還是只能在勉強擠進全校前十的門檻徘徊。

파리만 날리다 : 生意或事業不順利、冷清，如同「養蚊子」。

- 이 가게는 손님이 조금씩 줄더니 이제는 파리만 날린다.

  這家店的客人越來越少，已經到了餵蒼蠅的地步。

- 호떡 장사를 시작했는데 파리만 날려서 금방 접어 버렸다.

  我開始了賣糖餅的生意，但因為十分冷清所以立刻收手了。

- 오늘따라 식당에 손님이 들지 않아서 파리만 날리고 있다.

  今天餐廳的客人特別少，十分冷清。

- 할머니는 파리만 날리는 가게를 지키며 꾸벅꾸벅 졸고 있다.

  奶奶守著冷清的店面不停打盹。

- 왠지 사람이 없고 파리만 날리는 가게에는 들어가고 싶지 않다.

  沒有客人、生意冷清的店面就讓人不想走進去。

판에 박은 듯하다 : 物品的外型相似或同樣的事情重複發生。

- 학생들이 제출한 독후감이 판에 박은 듯 똑같은 내용이었다.

  學生們交的閱讀心得都是千篇一律的內容。

- 조카들이 형수님과 판에 박은 듯 똑같이 생겨서 볼 때마다 웃음이 난다.

  姪子們跟大嫂簡直是一個模子刻出來的，讓人每次看了都很想笑。

- 군대 생활은 판에 박은 듯한 일상이 반복되지만 마냥 지루하지만은 않다.

  雖然當兵生活總是一成不變，卻不完全讓人厭煩。

- 호기심에 로맨스 소설을 몇 권 읽어봤는데 전부 판에 박은 듯한 진부한 내용이었다.

  我出於好奇而讀了幾本浪漫愛情小說，但全是千篇一律老套的內容。

- 다들 돈이 되는 음악을 하려고 하다 보니 가요계에는 판에 박은 듯한 노래들이 유행하고 있다.

  大家都只想做能賺錢的音樂，所以歌謠界流行的歌曲都是千篇一律。

팔소매를 걷어붙이다 : 表現積極參與某事的態度。

- 홍수가 난 지역에 봉사자들이 모여 팔소매를 걷어붙이고 복구 작업을 했다.

  志工聚集到洪水災區並捲起衣袖動手進行復原作業。

- 무거운 이삿짐이 쌓여 있었지만 친구들이 팔소매를 걷어붙이고 도와줘서 금방 이사가 끝났다.

  雖然堆了許多沉重的搬家行李，但因為有朋友一起動手幫忙，所以很快就搬完了。

- 혼자 사시는 할머니를 위해 주민들이 팔소매를 걷어붙이고 나서서 쌀과 연탄을 구해다 주었다.

  居民們為了獨居的奶奶挺身而出，幫忙買了米和煤炭回來。

- 내가 곤경에 빠졌을 때 동료들이 모두 자기 일처럼 팔소매를 걷어붙이고 나서서 거들어 주었다.

  當我遇到困難時，同事們全都當作自己的事一樣，主動挺身幫忙。

- 임신을 해서 몸이 무거워지니 움직이기 어려웠는데 남편이 팔소매를 걷어붙이고 집안일을 해주었다.

  懷孕之後身體變得很沉重，不方便行動，於是丈夫就動手幫忙做家事。

팔짱을 끼고 보다 : 面對眼前發生的事，不出面解決只袖手旁觀。

- 공공장소에서 싸움이 나도 대부분의 사람들은 팔짱을 끼고 구경만 한다.

  即便有人在公共場合打架，大部分的人也只會袖手旁觀。

- 자신과 직접적인 관계가 없는 일이라고 팔짱 끼고 보는 것은 언론인의 올바른 태도가 아니다.

  事不關己便袖手旁觀不該是作為媒體人的態度。

• 아무리 가족끼리 사이가 좋지 않더라도 힘들거나 아플 때 팔짱을 끼고 보고만 있을 수는 없는 노릇이다.
就算家人之間的關係再差，遇到困難或生病時還是無法袖手旁觀。

• 사무실을 이전하며 직원들이 무거운 책상이나 책꽂이를 옮기는데 신입사원 한 명이 팔짱을 끼고 보고만 있었다.
搬辦公室時，職員們都在搬很重的書桌或書架，有位新進員工卻光是站在一旁觀看。

• 옆 건물에서 불이 나도 팔짱을 끼고 태연하게 바라보던 사람들이 자기 집 쪽으로 불길이 옮기자 도와달라며 소리쳤다.

• 隔壁大樓失火時袖手旁觀、無關緊要的人們，等火延燒到自己家裡來了才在大聲求助。

풀이 죽다 : 活力或氣勢被削弱。

• 공모전에 작품을 출품했는데 수상을 못 해서인지 그는 아주 풀이 죽어 보였다.
他拿作品去參加徵選比賽，但好像是沒得獎的樣子，看起來十分沮喪。

• 김 대리는 아침부터 부장님께 불려가서 혼이 나는 바람에 오전 내내 풀이 죽어 있었다.
金代理一早就被部長叫去訓了一頓，所以整個上午都死氣沉沉的。

• 엄마가 놀이터에 가면 안 된다고 말하자 딸은 내게 와서 풀이 죽은 목소리로 그 말을 전했다.
媽媽一說不能去遊樂場玩，女兒就用沮喪的聲音跑來告訴我這件事。

• 친구는 자기 나름대로 열심히 공부했는데 생각한 만큼 점수가 나오지 않아서 풀이 죽어 있었다.
朋友認為自己已經十分用功了，但分數卻不如人意所以十分氣餒。

• 아파트로 이사 가면서 전에 키우던 강아지를 시골에 보내고는 풀이 죽은 아들의 모습에 마음이 아팠다.
搬進公寓後就把之前養的小狗送到鄉下了，我看著因此無精打采的兒子感到十分心疼。

하늘을 찌르다 : 氣勢極度猛烈。

- 비틀즈의 인기는 그야말로 하늘을 찌를 것 같았다.

  披頭四的人氣才真的是要紅翻天了。

- 뉴욕에는 하늘을 찌를 듯이 높이 솟은 건물들이 늘어서 있다.

  紐約豎立著許多彷彿要衝破天際的大樓。

- 이번 경기의 승리로 우리 팀의 사기는 하늘을 찌를 듯 높아졌다.

  這次比賽的獲勝讓我們隊伍的士氣沖天大漲。

- 관료들의 횡포에 시달리던 백성들의 원성이 하늘을 찌를 듯했다.

  人民被官僚壓迫的怨聲簡直要衝破雲霄。

- 늦은 배송과 까다로운 환불 절차로 고객의 불만이 하늘을 찌르던 쇼핑몰이 결국 사업을 접었다.

  因緩慢的配送速度和麻煩的退換貨程序讓顧客怨聲載道的網拍終於結束營業。

한눈을 팔다 : 不注視該看的地方，分心到其他事上。

- 한 아이가 한눈을 팔며 걷다가 공사 중이던 하수구에 빠졌다.

  有個孩子不專心走路，不小心掉進施工中的下水道。

- 엄마는 동생들에게 심부름을 시키며 한눈을 팔지 말라고 당부했다.

  媽媽要弟弟們去跑腿，並叮嚀他們不要亂晃。

- 관광지에서 한눈을 팔다가 소매치기에게 지갑을 뺏기는 일이 많다.

  在觀光地一不小心就會被扒手偷走錢包。

- 운전자들은 운전을 하다가 라디오를 조작하는 등 한눈을 팔기도 한다.

  駕駛們在開車時，偶爾會分心去調整廣播或其他事。

- 가게 주인이 한눈을 파는 사이 몰래 물건을 훔치던 아저씨가 붙잡혔다.

  那位趁老闆不注意偷東西的大叔被抓到了。

한술 더 뜨다 : 事情已經出了某種程度的錯，卻又做出更離譜的行動。

- 직장 상사가 성적인 농담을 하는 것에 대해 화를 냈더니 한술 더 떠 나를 껴안기까지 했다.

  我因為職場上司開的性別玩笑而生氣，他反而得寸進尺地把我抱住。

- 국회의원이 공약을 지키기는커녕 한술 더 떠 부자들에게만 이익이 가는 사업을 추진하고 있다.

  別說是遵守選舉公約了，國會議員甚至在推動只對富者有利的事業。

- 처음에는 짐 꾸리는 것만 도와 달라고 하더니만 나중에는 한술 더 떠서 짐까지 옮겨 달라고 한다.

  他一開始只說要幫忙整理，但後來卻進一步要求幫忙搬行李。

- 비행기에서 소란을 피우던 항공사 부사장은 한술 더 떠 이륙 준비 중이던 비행기를 돌려서 논란이 되었다.

  在飛機上喧鬧的航空公司副社長後來得寸進尺要求正在起飛的飛機返航，引起了爭議。

- 아이는 친구들을 때리고 괴롭히더니 그 부모는 한술 더 떠 자기 자식의 기를 죽이지 말라며 다른 사람들에게 화를 낸다.

  小孩子動手欺負其他同學，父母卻反而要求我們別壓迫自己的小孩，對其他人發怒。

햇빛을 보다 : 為世人所知，並得到稱頌。

- 건설 현장에서 우연히 신라 시대 유물들이 발견되어 햇빛을 보게 되었다.

  建設現場偶然發現了新羅時代的遺物，才讓它們重見天日。

- 어머니께서 오랫동안 준비해 온 소설 작품이 비로소 햇빛을 보게 되었다.

  母親準備許久的小說作品終於問世了。

- 제주도민들의 염원을 담은 친환경급식조례가 마침내 햇빛을 보게 되었다.

  承載著濟州島民盼望的環保供餐條例終於問世了。

- 레오나르도 다빈치가 그린 '최후의 만찬'이 오랜 복원 작업 끝에 드디어 햇빛을 보게 됐다.

  李奧納多·達文西所創作的《最後的晚餐》在經過長時間的修復後終於重見天日。

- 감추어졌던 역사적 사실이 햇빛을 보게 되었고 그에 따라 권력에 얽힌 비리들도 밝혀지고 있다.

  被隱瞞的歷史事實終於見光，其中牽扯威權的不法勾當也被慢慢揭開。

허리띠를 졸라매다 : 勒緊褲帶、過勤儉的生活。

- 물가가 하늘 높은 줄 모르고 치솟으니 더욱 허리띠를 졸라매야 한다.

  物價不停飛漲，只能更勒緊腰帶過活。

- 부모님은 자식들의 장래를 위해 허리띠를 졸라매고 열심히 일하신다.

  父母為了孩子的將來而省吃儉用、努力工作。

- 집을 사겠다는 목표를 세우고부터 우리는 허리띠를 졸라매고 생활하기 시작했다.

  自從定下買房子的目標後，我們便開始省吃儉用的生活。

- 이번 달에 지출이 많아서 월급날까지 쓸 돈이 없으니 바짝 허리띠를 졸라매야 했다.

  這個月的支出較多，到下次支薪日為止已經沒錢了，必須勒緊腰帶才行。

- 남편이 늦은 나이에 공부를 하겠다고 회사를 그만둬서 우리 가족은 허리띠를 졸라매고 생활하고 있다.

  丈夫決定在這把年紀辭職去讀書，所以我們過著省吃儉用的生活。

혀를 내두르다 : 非常驚訝或無言導致說不出話。

- 범인의 교묘한 범행 수법에 경찰은 혀를 내둘렀다.
  犯人巧妙的犯案手法讓警察們啞口無言。

- 극장을 나오는 사람들은 다들 배우의 연기가 일품이었다고 혀를 내두르며 칭찬하고 있다.
  從電影院出來的人全都不停地稱讚演員演技一流。

- 독자들은 박 기자가 사람의 마음을 움직이는 촌철살인의 기사를 쓴다며 혀를 내두른다.
  讀者們說朴記者寫的報導撼動人心、一語中的，令人稱讚不已。

- 그 기업이 1년에 한 번씩 발표하는 혁신적인 아이디어에 관련 업계 사람들은 혀를 내두른다.
  相關業界人士對該企業每年發表一次的創新想法讚不絕口。

- 신인 배우들을 주연으로 내세운 드라마 감독은 배우들의 열정에 혀를 내두를 정도라며 칭찬했다.
  讓新人演員擔綱主演的戲劇導演對演員們的熱情讚不絕口。

혀를 차다 : 發出「嘖」的聲音，以表達心裡的不快或遺憾。

- 아저씨 한 분이 지나가는 여자들의 옷차림새를 지적하며 혀를 찼다.
  有位大叔指責路人女性的穿著並表達不滿。

- 할머니는 손자를 버리고 떠난 며느리를 생각하며 혀를 끌끌 차곤 하셨다.
  奶奶想到拋下孫子遠走高飛的媳婦總是非常氣憤。

- 선생님은 질문에 대답하지 못하는 나를 보며 혀를 차더니 다시 설명해 주셨다.
  老師看著回答不出問題的我發出嘖的一聲，並再解釋了一次。

- 어머니의 생신에도 밤늦게까지 놀다 들어오는 동생을 보며 혀를 찰 수밖에 없었다.
  看到弟弟連母親生日當天都玩到半夜才回家，我也無話可說了。

- 최 대리가 출근 시간이 지나고 몰래 회사로 들어오는 모습을 보며 사장님을 혀를 찼다.

  社長看見崔代理過了上班時間才偷偷進公司，不滿地嘖了一聲。

환심을 사다 : 討人歡心。

- 나는 아이들의 환심을 사기 위해 과자를 사 주었다.

  我為了討孩子們的歡心而買餅乾給他們。

- 아들이 대학교에 가더니 여자들의 환심을 사기 위해 부쩍 멋을 부린다.

  兒子上大學後為了贏得女孩子的芳心，突然開始耍帥。

- 군대 선임이 우리 누나에게 반했는지 나의 환심을 사기 위해 노력하고 있다.

  軍隊的前輩好像因為喜歡上我姊姊，所以努力對我獻殷勤。

- 나는 거래처 사장님의 환심을 사기 위해 자주 찾아가서 잡일을 돕거나 심부름을 하기도 했다.

  我為了討客戶公司老闆的歡心，所以時常登門拜訪幫忙做雜事甚至是跑腿。

- 새로 부임한 부장님은 직원들의 환심을 사기 위해 자주 회식을 하며 친해지려 했지만 소용없었다.

  新上任的部長為了討職員們的歡心，所以時常辦聚餐、想和大家親近，但卻毫無用處。

활개를 치다 : 趾高氣昂或唯我獨尊，大搖大擺地行動。

- 인터넷에는 자칭 전문가들이 잘못된 정보를 퍼뜨리며 활개를 치고 있다.

  自稱專家的人們橫行無阻地在網路上散播錯誤的資訊。

- 신도들의 돈을 노리는 사이비 종교가 활개를 치고 있어서 사회적 문제가 되고 있다.

  貪圖信徒錢財的冒牌宗教十分猖獗，已經造成社會問題。

- 악덕 사채업자들이 고금리의 불법 대출을 좋은 말로 포장하여 활개를 치며 사업을 확장하고 있다.

  惡劣的高利貸業者用花言巧語包裝高利率貸款，大搖大擺地擴展著事業。

- 인터넷 기사의 댓글을 보면 특정 기관이나 기업에서 고용한 댓글 아르바이트가 활개를 친다는 것을 알 수 있다.

  從網路新聞的留言可發現充斥著特定機構或企業雇用的留言工讀生。

- 일부 지역에서는 인종차별주의자들이 활개를 치고 있어 그곳을 여행하는 외국인들에게 특별히 주의할 것을 강조한다.

  部分地區的種族歧視人士猖獗，所以特地向到當地觀光的外國人強調注意事項。

活用韓文慣用語/韓國語教育研究所著 ; 龔苡瑄譯.
-- 初版. -- 臺北市 : 日月文化出版股份有限公司, 2021.03
　　面 ; 　公分. -- （EZ Korea ; 32）

ISBN 978-986-248-942-0（平裝）

1.韓語 2.慣用語

803.22　　　　　　　　　　　　　　110000567

EZ Korea 32

活用韓文慣用語

作　　者：韓國語教育研究所
翻　　譯：龔苡瑄
錄　　音：吉政俊、邱曼瑄
錄音後製：純粹錄音後製有限公司
編　　輯：邱曼瑄
行銷人員：陳品萱

封面設計：呂佳芳
內頁排版：唯翔工作室

發 行 人：洪祺祥
副總經理：洪偉傑
副總編輯：曹仲堯
法律顧問：建大法律事務所

出　　版：日月文化出版股份有限公司
製　　作：EZ叢書館
地　　址：臺北市信義路三段151號8樓
電　　話：(02) 2708-5509
傳　　真：(02) 2708-6157
網　　址：www.heliopolis.com.tw
郵撥帳號：19716071日月文化出版股份有限公司

總 經 銷：聯合發行股份有限公司
電　　話：(02) 2917-8022
傳　　真：(02) 2915-7212

印　　刷：中原造像股份有限公司
初　　版：2021年3月
定　　價：280元
ＩＳＢＮ：978-986-248-942-0